KB124029

로크미디어가
유혹하는
재미있는 세상
ROK
MEDIA
로크미디어

이것이 삶이다

이것이 법이다 109

2021년 4월 5일 초판 1쇄 인쇄
2021년 4월 8일 초판 1쇄 발행

지은이 자카예프
발행인 이종주

총괄 김정수
경영 지원 배진경 임혜솔 송지유

기획 이기헌 왕소현 박경무 강민구
책임 편집 최전경

발행처 (주)로크미디어
출판등록 2003년 3월 24일
주소 서울시 마포구 성암로 330 DMC첨단산업센터 3층 318호, 319호
Tel (02)3273-5135 **편집** 070-7863-8592 **Fax** (02)3273-5134
홈페이지 rokmedia.com **E-mail** rokmedia@empas.com

값 8,000원

ISBN 979-11-354-8911-2 (109권)
ISBN 979-11-255-9575-5 04810 (세트)

작가와의 협의에 의해 인지는 생략합니다.
잘못된 책은 구입처에서 바꾸어 드립니다.

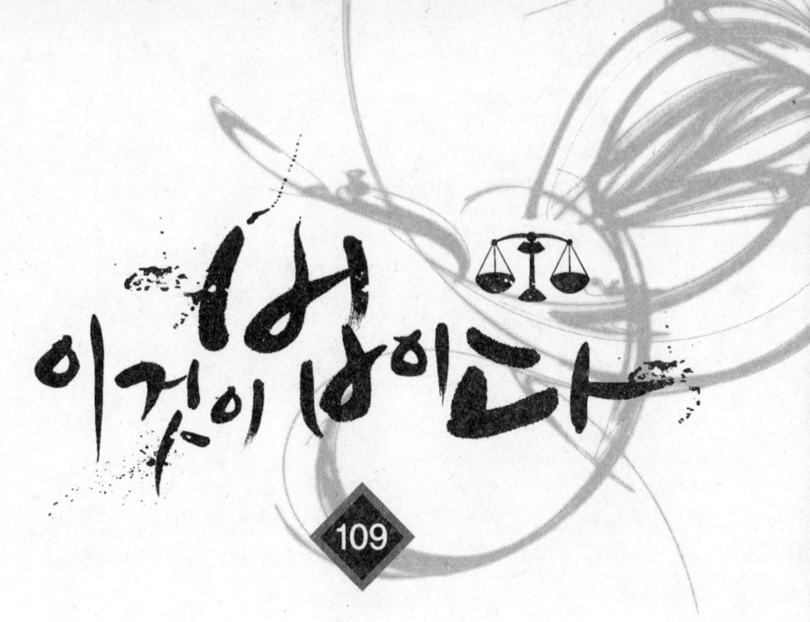

자카예프 장편소설

이 소설은 픽션입니다.
등장하는 인물 및 지명 등은 현실과 연관이 없습니다.
또한 소설 내에 나오는 법이나 법리 해석의 경우에도 대중문학의 극적 전개를 위하여 일부분 과장되거나 변형된 것이 존재하니 실제 법과 혼동하지 않으시길 바랍니다.

CONTENTS

이제는 숙제 검사할 시간

노형진은 당한 만큼만 돌려주는 사람이 아니다.

당한 것의 몇 배를 돌려주는 사람이다.

"정의를 지키는 가장 확실한 방법은 몇 배에 달하는 보복이지요."

노형진은 자신을 찾아온 로버트에게 말했다.

"사법이 정상적으로 돌아가기 위해서는 두 가지가 필요합니다. 첫 번째는 높은 검거율, 두 번째는 그에 상응하는 처벌이지요."

중세에는 검거율이 낮았다.

그래서 무조건 강한 처벌로 규율을 잡으려고 했지만 실패했다.

현대에 와서는, 검거율은 높은 편이지만 인권 주의의 영향으로 처벌이 무척이나 약하다.

특히나 한국은 아주 약하다.

"현실적으로 이번 사건에서도 처벌은 불가능합니다."

무고죄에서 벗어날 수 있도록 설계했기 때문에 노형진은 무고로 그들을 처벌할 수도 없다.

"물론 두한이 증거를 심었다고 생각할 수도 있지요. 하지만 그 증거도 없으니까요."

즉, 두한을 공격할 수도 없다.

설사 그 증거가 있다고 해도, 두한에 적용할 수 있는 범죄는 기껏해야 무고죄뿐이다.

"기업에 대한 무고죄 처벌이 얼마나 나오겠습니까?"

"글쎄요. 한국의 처벌 규정을 잘 몰라서요."

"벌금입니다. 무조건 말이지요."

한국은 무고에 대한 처벌이 무척이나 약하다.

어느 정도로 약하냐면, 돈이나 복수를 목적으로 무고를 한다고 해도 절대 실형이 나오지 않는다.

하물며 가해자가 직접 무고를 해도 그 지경인데 기업에서 무고를 했다?

"기업이라는 구조는 아무래도 뻔하지요. 회장님은 모르셨습니다, 그 말 한마디로 끝나죠."

기업은 감옥에 넣을 수 있는 주체가 아니다.

그렇다고 기업의 허가를 취소할 수도 없는 노릇이다.

"결국 기껏해야 몇백만 원 정도의 벌금입니다."

설사 노형진이 여기서 벗어난다고 해도 관련자라고 부장급에서 하나 잘라 버리면 그만이고, 그 부장은 세상이 잠잠해지면 슬쩍 복직하든가 계열사로 영전하는 형태로 끝날 게 뻔하다.

"그러니 저한테 이런 수작을 벌일 수 있는 거지요."

노형진은 싱글거리면서 웃었다.

"그리고 제가 감옥에 있으면 아마도 어떻게 방어하지 못할 거라고 생각했을 겁니다."

노형진은 유능하다.

그것도 조금 유능한 게 아니라 아주아주 유능하다.

그렇다 보니 조직이라는 곳에서 일종의 문제가 생긴다.

너무 유능한 사람이 리더가 되면 그가 사라졌을 경우에 조직이 무척이나 흔들리게 된다.

"그걸 감안했을 테고요."

노형진이 직접 조사할 수도 없고 변론할 수도 없다.

그러니 외부에서 해 줘야 하는데, 노형진처럼 유능한 사람은 많지 않으니 변론이 쉽지 않으리라는 걸 예상하고 두한은 노형진을 노렸을 것이다.

"그러면 어떻게 할까요?"

로버트는 나지막하게 물었다.

노형진은 대답하는 대신에 면회실의 뒤에 서 있는 간수를 슬쩍 바라보았다.

구치소에서 변호사가 아닌 로버트 입장에서는 면회실을 쓸 수밖에 없다.

"미다스 씨께서는 뭐라고 하시던가요?"

되물어 보는 노형진.

로버트는 눈치가 빠른 사람이다.

경찰과 판사, 검사까지 포섭되었다면 간수 하나 포섭하는 건 일도 아닐 것이다.

"보복하시겠답니다."

만일 노형진이 그 '의견'에 반대라면 여기서 말리라고 할 것이다.

"그러면 저야 감사하지요."

노형진의 허락이 떨어지자 로버트는 살짝 미소 지었다.

"오랜만에 돈지랄 좀 하겠군요."

어지간하면 미다스로서의 능력은 별로 쓰지 않는 노형진이다.

물론 가끔 돈을 쓰기는 하지만, 그의 전 재산을 생각하면 터무니없이 적은 돈만 쓴다.

하지만 이번에는 대상이 두한이다.

당연히 돈이 어마어마하게 들어갈 것이다.

"하긴, 부자들에게 있어서 중요한 건 재산이 아니라 자존

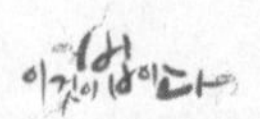

심이기는 하지요. 자기 자존심을 건드린 사람을 그냥 놔둘 만큼 미다스 씨가 자비로운 사람도 아니고요."

"맞습니다. 미다스 씨가 자비로운 사람은 아니지요."

고개를 끄덕거리는 로버트.

"일단 그 부분은 제가 알아서 하겠습니다. 하지만 법률적인 부분에 대해서가 문제인데요."

"걱정하지 마세요. 제 소속을 잊으셨습니까? 전 새론 소속입니다."

노형진은 자신 있게 말했다.

"그들은 제가 사라지면 새론이 힘을 못 쓸 거라고 생각하고 있겠지만요. 저는 나름대로 새론에서 변호사들을 잘 교육시켰다고 생각하거든요."

노형진이 새론에 들어간 것은 돈을 벌기 위해서가 아니다.

능력 있는 변호사를 가르쳐서 유능한 변호사로 키우고, 그들이 사회에 보탬이 되기를 원해서였다.

애초에 돈을 벌기 시작한 이유가 뭔가?

외부의 어떠한 압력에도 흔들리지 않기 위해서는 돈이 필요하기 때문이다.

'바로 딱 지금 같은 상황이란 말이지.'

두한에서는 노형진이 빠진 새론에 압력을 가하려고 할 것이다.

하지만 새론은 그 정도로 쓰러질 곳이 아니다.

그들이 실력이 없는 것도, 돈이 없는 것도 아니다.

사회적으로도 충분한 힘을 가지고 있고, 또 돈 몇 푼에 휘말릴 정도로 쪼들리는 것도 아니다.

"저는 이제 좀 뒤로 물러나서 숙제 검사를 해야겠네요."

노형진은 살짝 웃었다.

"우리 새론의 변호사들이 얼마나 잘 배웠는지 봐야겠습니다, 후후후."

긴급회의가 열리자 송정한과 김성식, 무태식과 고연미를 비롯한 많은 변호사들이 회의에 참석했다.

"일단 두한이 사건을 조작한 건 확실시되고 있습니다. 물론 흔적을 찾을 수는 없지만 노형진 변호사의 판단이니까 아마 맞을 겁니다. 사실 두한 말고는 이 정도 짓거리를 할 집단도 없지요."

김성식은 그동안 알아 온 걸 일단 이야기했다.

"회사 내부의 반응은 어떤가?"

"일단 회사 내부에서는 말도 안 되는 소리라고들 하고 있습니다. 아시다시피 직원들에게 노 변호사가 덕망이 있지 않습니까?"

"그렇지."

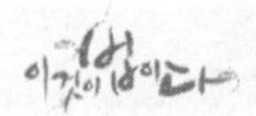

송정한은 고개를 끄덕거렸다.

다른 기업이라면 사람 그렇게 안 봤다, 또는 그럴 줄 알았다는 식의 헛소문이 돌 만도 하지만, 노형진이 워낙 생활을 깔끔하게 한 덕분에 누구도 현 상황을 믿지 않았다.

"더군다나 변호사라는 직업과 새론의 특성상 적이 많다는 걸 대부분은 알고 있고요."

그렇다 보니 직원들은 다들 누군가 작심하고 함정을 판 거라고 생각하고 있었다.

"그러면 회사 내부에서 뭘 정리하거나 할 필요는 없겠군."

"네. 다만 현 상황에서 사건을 뒤집을 방법이 없다는 게 문제입니다. 사건 자체가 무척이나 치밀하게 짜여 있습니다."

"하긴, 이런 상황이라면 뒤집는 게 거의 불가능하지."

지문과 머리카락이 나왔고, 뺨을 때리면서 남은 손자국의 사이즈도 거의 동일하다.

거기에다 CCTV에 나온 사람의 체형도 아주 비슷하다.

그리고 사건이 벌어진 시간이 딱 노형진이 혼자 있던 순간들이다.

"아마도 누군가가 뒤에 붙어서 노형진 변호사를 감시하면서 별달리 알리바이를 증명할 수 없는 시간을 노려서 설계한 것 같습니다."

다른 사람들이라면 모르지만 두한쯤 되면 그럴 수 있다.

그 정도 일은 어려운 게 아니니까.

"하지만 전부 노 변호사가 자기 집에 있었던 시간 아닌가요? 노 변호사가 사는 아파트는 고급 아파트라 CCTV가 있을 텐데요."

"맞습니다."

고연미의 말에 김성식은 고개를 끄덕거렸다.

"이미 그쪽도 확인했습니다. 엘리베이터와 현관에 있더군요."

"그런데요?"

"노형진 변호사가 퇴근한 후에, 그 범죄자와 똑같은 옷을 입은 사람이 그 아파트에서 나오는 게 CCTV에 찍혔습니다."

"아……."

당연하게도 그 증거를 보면 노형진이 퇴근 이후에 집에 들어가 옷을 갈아입고 나와서 강간을 저지른 것처럼 보일 수밖에 없다.

"다른 곳에는 CCTV가 없나요?"

"애석하게도요."

노형진이 사는 아파트는 복도식이 아니라 엘리베이터가 직접 연결되는 방식의 고급 아파트다.

그렇다 보니 다른 CCTV가 없다.

"아주 작정한 것 같군."

"두한의 성격을 생각하면 사실 오래 참은 겁니다. 두한이 지금까지 입은 손해는 어마어마하니까요."

두한이 현 상황을 해결하기 위해서는 예비금으로 감당이

안 된다.

만일 청구 금액이 확정되는 경우 알짜 회사 두세 개는 팔아야 할 지경이다.

“노형진과 두한의 악연은 아주 오래되었으니까요.”

“이거 참.”

두한의 후계자를 정신병원에 넣고 그 후계 자격을 박탈한 후부터 이미 그들은 같은 하늘 아래에서 살 수 없는 상황이 된 걸지도 모른다.

“더군다나 판사와 검사는 이미 두한과 확실하게 손잡았다고 봐야 합니다.”

“확실한가?”

“확실합니다. 판사도 검사도 두한 계열의 장학생입니다.”

즉, 그들의 돈을 받으면서 성장한 사람이라는 거다.

“아마도 두한은 이번 기회에 확실하게 노형진 변호사를 묻어 버리려고 하는 것 같습니다. 아마 최소 5년 형은 나올 겁니다.”

“흠…….”

송정한은 턱을 문질렀다.

지금까지 이런 경우가 여러 번 있었다.

그러나 그때마다 노형진의 아이디어로 벗어났다.

그런데 이번에는 노형진이 잡혀가니 멘붕이 오는 것 같았다.

“판사와 검사에게 우리가 접근해야 하나?”

"그건 무리일 듯합니다. 두한이 그렇게 두지도 않을 테고요. 그리고 판검사가 미치지 않은 이상에야 두한을 배신하겠습니까?"

"하긴, 그렇지."

이쪽에서 접근한다고 해도 그들이 두한을 배신하지는 않을 것이다.

배신하는 순간 다음 표적은 자신이 될 게 뻔하니까.

"결국 노형진 변호사가 잘 쓰는 장외투쟁을 해야 한다는 거군."

송정한은 걱정스러운 얼굴로 말했다.

하지만 거기에 익숙한 변호사는 많지 않다.

"저한테 좋은 생각이 있습니다."

그런데 의외로 입을 연 건 다름 아닌 무태식 변호사였다.

"그러고 보니 무태식 변호사가 노형진 변호사한테 그런 쪽으로 많이 배웠지?"

"네, 아무래도 제 성향도 좀 그런 쪽이다 보니……."

다른 변호사들은 그래도 재판장 내에서 싸우는 걸 선호하는 반면, 무태식 변호사는 이기기 위해서라면 약간의 속임수를 쓰는 걸 꺼리지 않았다.

"방법이 있기는 한데, 일단 그걸 확실하게 하기 위해서는 한 가지가 확정되어야 합니다. 미다스는 뭐라고 하던가요?"

"미다스 말인가?"

"네. 만일 미다스가 도울 생각이 없다고 하면 우리도 곤란하니까요."

확실히 성범죄는 어딜 가나 혐오 대상이기 때문이 아무리 수사 중이라지만 그것만으로도 손절하는 사람은 있기 마련이다.

"일단 마이스터에서 온 연락에 따르면, 미다스는 노형진 변호사를 절대적으로 믿고 이번 일에 대해 보복을 준비하고 있다고 하더군요."

"그래요? 그렇다면 확실히 해결책이 나오네요."

무태식은 씨익 웃었다.

"그래서, 좋은 방법이 뭔가?"

"미다스가 누구인지 아무도 모르지 않습니까?"

"그렇지."

"반대로 말하면, 미다스가 킬러를 보낸다고 해도 확인할 수 없다는 말이지요."

"네? 자, 잠깐만! 그러면 그 고발한 여자들을 죽이겠다는 거예요?"

기겁하는 고연미 변호사.

아무리 그래도 사람을 죽이는 건 노형진 스타일이 아니기 때문이다.

"그건 너무 과격하네."

심지어 송정한조차도 다급하게 말릴 정도였다.

물론 그러면 효과는 있을 것이다. 하지만 대신에 살인죄를 뒤집어쓸 수도 있다.

물론 무태식 말마따나 미다스가 누구인지도 모르고, 그가 벌인 일이라는 증거도 없으니 뭐라고 할 수도 없지만.

"아닙니다. 아이고, 제가 좀 과격하기는 하지만 진짜 그렇게 과격하게 살인까지 하겠다고 덤비겠습니까?"

무태식은 다급하게 손을 흔들었다.

"그러면?"

"소문만 내자는 겁니다, 소문만."

"소문?"

"네. 어차피 노형진 변호사에게 죄를 뒤집어씌운 여자들이 노리는 건 돈 아니겠습니까?"

"그렇겠지."

고개를 끄덕거리는 사람들.

그들은 두한과 아무런 관련도 없고 두한에서 일한 적도 없는 사람들이다. 그들이 이 일로 얻을 수 있는 혜택이라고는 결국 두한이 지급할 돈뿐이다.

그것도 적지 않은 수준의 돈 말이다.

"사건의 중요도를 생각하면 못해도 3억 정도는 받았을 겁니다."

"그랬겠지."

네 명이니까 12억이다.

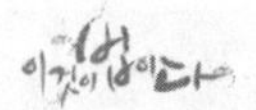

하지만 두한이 감당하지 못할 정도의 돈은 아니다.

"그들에게 강요하는 거지요. 진실이냐, 목숨이냐."

"호오?"

송정한이 급격히 관심을 보였다.

"자세하게 말해 보게."

"확신하건대, 그 여자들은 노형진이 어떤 사람인지 모를 겁니다."

아마도 변호사라는 정도만 알고 있을 것이다.

마이스터의 한국 대리인이며 미다스의 총애를 받는 사람이라고는 아마 꿈에도 모를 것이다.

그걸 두한에서 말해 주지도 않았을 테고 말이다.

"한국에서는 무고를 한다고 해도 처벌이 약하고, 이 사건 같은 경우는 무고가 되지도 않습니다."

그들은 범인의 얼굴을 보지는 못했다고 했고, 현장에서 지문과 머리카락을 찾은 것은 경찰이니까.

그들이 가짜로 강간 신고를 한 것은 사실이나, 그 대상이 특정되지 않은 이상 그건 무고죄가 성립되지 않는다.

"그러니 쉽게 돈을 벌 수 있다는 생각에 이번 작전에 참가했을 겁니다."

"그랬겠지."

그 말에 고연미 변호사가 반색했다.

만일 진짜로 그녀들을 죽이려고 하거나 실제로 죽여 버리면 그건 불법이다.

하지만 이쪽은 변호사일 뿐이고, 그녀들에게 킬러가 붙었다고 알려(?) 주는 건 협박이 아니다.

그저 그녀들을 위한 현실적 조언일 뿐.

저쪽이 법을 가지고 장난을 친다면 이쪽도 못 할 건 없다.

"아하! 그러니까 그들에게 노형진과 그 뒤에 있는 사람들이 누군지 알려 주자 이거군요."

"맞습니다. 물론 우리가 가서 '우리는 마이스터의 아시아 대리인이다.' 또는 '우리는 미다스의 사람이다.'라고 해 봐야 추상적인 거고, 경제인이 아닌 이상에야 그게 무슨 의미인지도 모를 겁니다."

송정한은 고개를 끄덕거렸다.

"하긴, 일반인은 그런 이름의 가치를 잘 모를 테지."

"하지만 대가리에 총알이 날아오면 그때부터는 이야기가 달라지지요."

총기가 불법인 나라에서 대놓고 저격이 벌어지면 온 나라가 발칵 뒤집어진다.

그리고 그 총알이 노리는 대상이 자신이라는 걸 알면, 사람은 조금씩 미쳐 갈 수밖에 없다.

"그리고 경찰도 아마 미칠 테고요."

"상당히 과격한데요?"

확실히 노형진의 방식보다는 훨씬 과격했다.

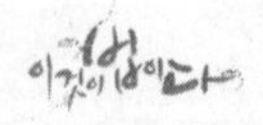

"뭐, 꼭 배운 대로만 하라는 법은 없잖습니까?"

무태식은 어깨를 으쓱했다.

하긴, 무태식은 노형진보다 더 다혈질이다. 욱하면 주먹부터 날릴 것처럼 생기기도 했다.

"사람만 안 죽으면 됩니다. 어차피 한국이 총기 안전국이라는 소리는 만구파 이후에는 개소리가 된 상황이구요."

일개 사이비 종교 단체가 지대공미사일까지 가지고 있었는데 총기 안전국이라는 건 의미가 없는 소리다.

"하지만 그런 걸 해 줄 사람이 없지 않나?"

"왜 없습니까? 우리 노 변호사님이 인맥 하나는 쩔지 않습니까?"

그 순간 모두의 머릿속에 한 사람의 이름이 떠올랐다.

남상진은 무태식 변호사를 보면서 눈썹을 찡그렸다.

"새론은 변호사들이 단체로 마약이라도 하는 건가?"

"아닙니다만?"

"그런데 저격수를 구한다고?"

"구한다기보다는, 구한다는 '소문이 돌기를' 원하는 거지요."

무태식은 당당하게 남상진에게 요구했다.

"그게 그거 아닌가?"

"진짜로 사람을 죽일 건 아니니까요."

"그러면?"

"저격수로 의심받기 좋은 사람이 있나 해서요. 그런 사람 한 명만 들여보내 주면 됩니다."

"미친놈들."

지금까지 남상진은 노형진만, 딱 그 한 놈만 미친 변호사인 줄 알았다.

그런데 지금, 새론 전부가 제정신이 아니라는 생각이 들었다.

지금까지 별의별 인간을 다 만나 봤지만 변호사가 암살자를 구하는 건 처음 봤으니까.

"정치인들이 가끔 사고사로 처리해 달라고 부탁하는 경우는 있지만 변호사가 암살이라니."

"사람은 안 죽인다니까요."

무태식은 단호하게 선을 그었다.

진짜로 사람을 죽인다면 그건 너무 심각한 문제가 된다.

"입국 기록만 남기면 됩니다."

"입국 기록만?"

"네, 말 그대로 입국 기록만요."

"흠."

잠깐 고민하던 남상진은 적당한 사람을 생각해 냈다.

암살자로 의심은 받고 있지만 단 한 번도 잡혀 본 적이 없는 사람이었다.

CIA에서 그를 주요 감시 대상으로 보고 있지만 명확한 증거는 없다.

"한 명 있지."

"그러면 입국시켜 주세요. 그리고 총도 적당한 걸로 네 정만 가져다주시고요."

"총을?"

"네. 가능하지요?"

"뭐, 그거야 어려운 건 아니지."

무기 브로커가 총을 구하는 건 어려운 일이 아니다.

"하지만 이건 알아야 해. 그가 한국에 들어오는 바로 그 순간, 한국 정부에 그 사실이 고지될 거다."

"네, 제가 원하는 게 그겁니다."

"그리고 아무리 진짜 암살이 아니라지만 가격이 싸지는 않을 거야."

그 말을 들은 무태식은 어색하게 웃었다.

"어…… 카드 할부 되나요?"

"미친 새끼들."

⚖

"그래서 변론 준비는 잘되어 가고 있습니까?"

노형진은 자신을 찾아온 고연미 변호사를 보면서 미소 지었다.

"아주 착실하게 잘되어 가고 있어요."

고연미 변호사 역시 미소로 답했다.

변호사와 피의자의 면담은 다른 사람들이 감시하거나 볼 수 없다.

하지만 상대방은 두한이고 그들이 뭔 짓을 했는지 알 수 없기에, 노형진은 절대 사건과 관련해서 명령을 내리지 않았다.

'이럴 때는 내 사람을 믿어야 한다.'

그동안 자신이 열심히 가르쳤으니 그들이 그냥 눈뜨고 당하지는 않을 테니까.

물론 달리 믿는 것도 있었다.

만일 수틀리면 로버트를 통해 한국 경제를 작살내면 그만이다.

어렵지 않다. 그동안 정보길드에서 모아 둔 모든 정보를 공개함과 동시에 기업 몇 개 날려 버리면 그만이다.

대기업들의 약점 같은 건 이미 알고 있고 그걸 이용해서 대기업을 작살내면서 이게 다 두한 때문이라고 한마디만 하면, 다른 대기업들이 두한을 어떻게 해서든 죽이려고 할 것이다.

아니, 적대적 인수 합병 고지하고 그냥 대기업들의 주주회사의 주식을 미친 듯이 긁어모으는 제스처만 취해도 각 대기업 회장들의 눈깔은 돌아갈 수밖에 없다.

아무리 두한이 한국에서 강력한 힘을 발휘한다고 해도 그 정도 충격을 감당하지는 못한다.

말 그대로 전 대한민국이 두한의 적이 될 테니까.

'하지만 거기까지는 가지 말자고.'

그건 최후의 수단이니까.

"그래요? 피해자들은 뭐라고 하던가요?"

"절대 용서는 없다고 하네요."

"다행이군요. 저도 그들을 용서할 생각은 없거든요."

노형진은 어깨를 으쓱했다.

설사 단순히 돈 때문에 넘어갔다고 할지라도, 모르는 남자의 인생을 박살 내기 위해 모인 사람들을 노형진은 절대 용서할 수가 없었다. 만일 그가 아니었다 해도 누가 파멸할지 알 수 없는 일이니까.

"그나저나, 재미있어요?"

"재미있네요."

"와, 진짜 집사 변호사 노릇 오랜만에 해 보는데 그게 고작 휴대용 게임기 배달이라니."

노형진은 손에 들려 있는 휴대용 게임기를 보고는 피식 웃으며 말했다.

"저도 진상 한번 부려 볼까요?"

"아이고, 그러지 마십시오, 의뢰인님."

고연미 변호사는 부르르 떨면서 말했다.

"그러고 보니 노 변호사님과 만난 게 집사 변호사를 할 때군요."

"그렇지요."

"그나저나 채림이도 뭔가 할 것 같던데요?"

"그래요?"

"채림이도 그쪽에서는 이제 널리 알려진 셀럽이잖아요."

사실상 아스가르드를 운영하면서 세계적인 부자들과의 인맥은 그녀를 통하는 게 제일 빨라졌고, 그녀는 이제 어디서도 빠지지 않는 사람이 되었다.

"그래서 뭘 하려고 한대요?"

"모르죠. 찾아오지 않았어요?"

"아무래도 해외에서 돌아야 하니까요. 그리고 채림이가 허튼짓하는 스타일은 아니고요."

노형진은 어깨를 으쓱했다.

"나름 수를 쓰겠지요. 그게 어떤 것일지 대충 예상은 되지만요."

그리고 노형진은 그걸 말릴 생각이 전혀 없었다.

⚖

"그 말이 사실입니까, 미스 손?"

"사실이에요. 제가 아스가르드를 그냥 운영하는 건 아니잖아요?"

손채림은 자신의 비행기에 탄 사람들과 이야기하고 있었다.

하늘의 궁전 아스가르드. 그곳에 타는 사람들은 전 세계의 재벌들이다.

"미다스와 마이스터는 한국 정부에 보복을 천명했어요."

"하지만 우리 정보에는 그런 이야기가 없던데요."

누군가가 심각한 얼굴로 말했다.

그럴 수밖에 없는 게, 한국은 세계에서도 투자처로 각광받는 곳 중 하나라 돈이 들어가 있는 사람이 많기 때문이다.

"그쪽 정보 라인에 미다스가 누구인지 알려져 있나요?"

"음, 그건 그렇군요."

심각한 표정이 되는 사람들.

미다스가 누구인지도 모르니 그의 말이 전해질 수가 없다.

"엄밀하게 말하면……."

손채림은 바보가 아니다. 다짜고짜 미다스를 판다고 해서 부자들이 그녀의 말을 믿을 거라고는 생각하지 않는다.

물론 마이스터에서 보복한다는 이야기는 들었다.

하지만 그건 아직 실행 전이고, 당연히 공개되기도 전이다.

그럼에도 불구하고 손채림이 이런 이야기를 한 이유는 간단하다. 마이스터만으로는 한국을 흔들기 힘드니까.

다른 사람들을 이용해서 흔들 생각인 것이다.

그리고 그녀는 자신의 말에 힘을 부여하는 방법을 누구보다 잘 알고 있었다.

“미다스가 보복을 이야기한 게 아니라, 미스터 노가 보복을 요구했지요.”

“그 노형진이라는 사람이요? 좀 무례하군요. 아무리 미다스의 총애를 받고 있다지만 국가를 대상으로 싸움을 걸어 달라고 하다니.”

눈을 찡그리는 사람. 아무래도 부자 입장에서는 직원이 그런 요구를 한다면 당연히 좋게 보이지 않을 테니까.

하지만 그랬기에 손채림의 말에는 가치가 부여될 수 있었다.

“노형진이 총애를 받고 있기 때문에 그게 가능한 겁니다.”

“총애만 믿고 너무 설치는 거 아닙니까?”

누군가의 질문에 그녀는 고개를 흔들었다.

“총애를 믿고 설치는 게 아니라, 그가 총애를 받는 데에는 그만한 이유가 있기 때문입니다.”

“이유?”

“그는 미다스의 진짜 신분을 알고 있는 극히 일부 중 한 명이지요.”

“으음…….”

다들 살짝 수긍하는 분위기였다.

미다스는 여러 가지 일을 하지만 자신의 신분이 드러나는 것은 극도로 꺼리는 사람이다.

“그래도 그 정도로 한국과 전쟁을 벌인다는 건…….”

이해가 가지 않는다는 듯 말하는 사람들.

그러나 그다음 순간에, 그들은 이해할 수밖에 없었다. 왜 보복 요구가 정당한지 말이다.

"미다스는 지금까지 거의 실패가 없었지요. 사실 실패도 대부분 어떤 목적하에 이루어진 일인 경우가 많았고."

"그가 미다스라고 불리는 가장 큰 이유지요. 그걸 모르는 투자자는 없습니다."

"그리고 노형진이 그 방법을 안다면, 어떻게 될까요?"

모두의 눈빛이 변했다.

지금까지 무서울 정도로 성장한 미다스다.

단시간 내에 세계 18위의 재벌로 성장한 그 힘은, 누구나 가지고 싶어 하지만 누구도 가지지 못하는 힘이다.

"돈의 대부분을 집행하는 건 노형진입니다. 그리고 그 방법의 일부를 알고 있는 게 노형진이지요."

"그럼……."

미다스 입장에서는 단순히 신분이 드러나는 게 문제가 아니다.

그의 황금 손의 비밀이 알려지면 그의 역사도 끝난다.

도리어 역습당할 수도 있다.

"그리고 미다스가 돕는 걸 거절했을 때 그가 여기에 있는 누군가에게 도움을 요청한다면, 과연 그 누가 거절할까요?"

투자자들은 차분하게 서로를 바라보았다.

하지만 그들 머릿속에서 이루어지는 생각은 전혀 달랐다.

한국을 무너트려 달라는 것도 아니고, 그저 한국 정부에서 씌운 누명을 벗겨 달라는 것뿐이다.

그걸 해 준다면, 어쩌면 자신에게 미다스의 수익의 비밀을 알려 줄 수도 있다.

"거절할 리가 없지요."

"영화 대사 중에 이런 말이 있지요. 친구를 가까이하라. 하지만 적을 더 가까이하라."

오래된 영화인 〈대부〉에서 나온 말이다.

"미스터 노와 단순히 성격이 좀 잘 맞는다고 미다스가 그를 총애할까요?"

"그럴 리가 없지요."

재벌은 독한 사람들이다.

그들이 누군가를 총애한다는 것은, 상대에게 그만한 가치가 있기 때문이다.

"미스터 노는 처음부터 미다스와 함께한 사람입니다. 미다스의 둘도 없는 아군이지만, 만약 적이 된다면 미다스의 파멸을 부를 수도 있는 사람이지요."

"으음……."

하긴, 한 번도 실패하지 않은 그 정보력에 비밀이 있다면, 그리고 그게 불법적인 것이라면 미다스의 파멸은 당연한 거다.

'뭐, 형진이가 망하면 미다스도 망하는 거지.'

물론 손채림은 둘 다 같은 사람이니까 한쪽이 망하면 다른

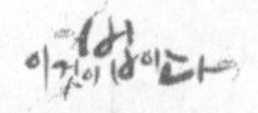

쪽도 망한다는 의미로 말한 거지만.

"그런데도 과연 미다스가 미스터 노의 청을 무시하고 보복을 하지 않을까요?"

"하지 않을 리가 없지요."

몇몇은 자신이 믿는 사람들을 생각하고는 눈을 찌푸렸다.

실제로 부자들에게도 아킬레스건을 알고 있는 사람들이 있다.

그들이 배신하면 치명상을 입을 수 있기에, 만약 그들이 누명을 썼다면 어떻게 해서든 도와줄 수밖에 없게 된다.

"설사 누명이 아니라고 해도 도와줘야 하는 상황인 거지요."

"이해했습니다."

그들은 고개를 끄덕거렸다.

"그런데 우리를 부른 건 왜지요?"

"미다스도 만능은 아니니까요."

미다스가 세계적인 부자이기는 하지만 그렇다고 해서 모든 걸 다 할 수 있는 건 아니다.

"첫 번째는 여러분과 싸우기 싫어서입니다. 보통 이런 경우 노형진이 이야기하지만, 일단 그가 잡혀갔으니까요."

그다음에 할 사람은 바로 손채림이라는 거다.

"싸우기 싫다?"

"만일 미다스가 한국에 공격을 감행하면 여기에 계신 분들 중 몇몇은 적지 않은 타격을 입을 수도 있지요."

다들 고개를 끄덕거렸다.

이들은 투자회사를 운영하는 사람들이고, 생각지도 못한 미다스의 보복은 투자회사에는 돌발 변수가 된다.

"일단 그래서 양해를 구하는 거예요."

손해가 나기 전에 미리 돈을 빼라고 말이다.

"동시에 그걸 이용해서 경제적 타격을 주는 것도 포함해서요?"

"정확하시네요."

손채림은 미소를 지었다.

"물론 양해해 주시지 않는다고 해도 미다스는 공격에 들어갈 겁니다. 공식적으로 들어가면 한국의 주가는 미친 듯이 떨어질 겁니다. 특히 이번 사건의 주범인 두한은……."

손채림은 더 이상 이야기하지 않았지만, 다들 알 것 같았다.

"미다스가 가만두진 않겠지요."

"무슨 뜻인지 알겠습니다."

모인 사람들은 고개를 끄덕거렸다.

망해 가는 배에 같이 올라타 있는 취미는 이들에게 없다.

당연히 이들은 돌아가는 순간 한국에서 돈을 빼기 시작할 것이다.

"그러면 양해 부탁드립니다."

손채림은 말 몇 마디로 한국을 뒤흔들 수 있게 되었고, 그걸 모르는 한국에는 역대급의 위기가 몰려오기 시작했다.

잠자는 사자의 코털은 이런 것

경제계는 소문이 빠르다.

현대는 정보가 돈이기 때문에 작은 정보라고 해도 경제 계열에 있는 사람들은 절대 허투루 듣지 않는다.

특히나 지라시는 그런 사람들이 보는 것 중 하나다.

대부분이 가짜 소문이기는 하지만, 그 안에 가끔 있는 진짜는 파급력이 어마어마했다.

"이게 사실일까요?"

그리고 그 지라시에 나타난 소문 때문에 증권회사는 발칵 뒤집어졌다.

"사실일 가능성이 높습니다. 지금 한국에서 해외 자본이 다급하게 빠져나가고 있습니다. 특히나 두한에 관해서는, 해외 자본은 무조건 팔자 수준입니다."

지라시에 등장한 마이스터의 두한과 한국 보복설. 그건 심각한 문제였다.

만일 그 말이 사실이라면 한국 경제는 심각한 타격을 입을 수밖에 없다.

"하지만 이해가 안 갑니다. 물론 보복하는 건 미다스의 선택이기는 하지만 미다스가 한국, 아니 두한과 전쟁한다고 해서 모든 돈을 죄다 꼬라박을 것도 아니지 않습니까?"

신입 직원의 말에 모두의 시선이 그에게로 향했다.

"그렇게 생각하나?"

"네, 저는 그렇게 생각합니다. 차라리 주식이 한창 떨어진 지금 긁어모으는 게……."

"이거 이거, 한 번도 미다스에 대해 제대로 알아본 적이 없군그래."

"네?"

"보통 미다스의 공격은 그런 스타일이 아니야."

과장은 이참에 신입들에게 확실하게 이야기해 두기로 했다.

자칫 멍청한 선택을 해서 혹시나 막대한 피해를 입힐 수도 있으니까.

"보통 전쟁을 한다고 하면 상대방 주식을 긁어모으거나 해서 쫓아내려고 하지?"

"보통 그렇지요?"

"하지만 미다스는 상대방을 쫓아내려고 하는 게 아니라 망하게 하려고 한다고."

"이해가 안 갑니다."

"힘을 늘려서 잡아먹는 게 아니라, 상대방을 파멸시키는 게 목적이라는 거지."

가령 기업을 공격할 때, 그 기업의 주식을 사들이거나 하지는 않는다.

그 대신에 그 기업에 독점적 부품을 납품하는 업체의 주식을 사들여서 사장을 바꾸거나, 원자재를 공급하는 업체의 주식을 사들여서 거래를 못 하게 해 버린다.

"아무래도 하청 회사는 가격이 싸거든. 하지만 그 회사에서 납품이 멈추면 당장 상대방 회사는 최소 2개월은 일이 멈추는 상황이 되어 버려."

"아……."

"미다스는 적이라고 판단하면 살려 두는 스타일이 아니야."

하물며 대놓고 보복한다는 소문이 돌고 있다.

"해외 자본이 갑자기 빠져나가잖아! 그치들이 바보도 아니고, 한국에서 왜 돈을 빼겠어? 미다스가 수를 쓰겠다고 공언했으니까 손해 보기 싫어서 빼는 거야."

"그러면……."

"그래, 보복은 현실화된다고 봐야지."

"그러면 두한의 주식은……."

"더 떨어지기 전에 팔아야지."

심각한 얼굴이 되는 과장.

"당분간은 휴지 조각이 될 테니까."

"뭘 보냐?"

오광훈은 슬쩍 후배 검사의 사무실로 갔다.

그리고 그가 뚫어지게 바라보는 화면을 같이 봤다.

"어이구야. 한국 주식들 아주 시궁창으로 처박히는구먼."

"미치겠네요. 결혼 자금 다 주식에다가 꼬라박았는데."

"왜 그런 멍청한 짓을 했어?"

오광훈은 후배 검사의 책상에 걸터앉으면서 눈을 찡그렸다.

"선배는 왜 오신 거예요? 안 바빠요?"

"바쁘지. 겁나 바쁘지. 그래도 말은 해 줘야 할 것 같아서."

"뭘요?"

"내가 새론이랑 친한 거 알지?"

"알죠."

"그쪽에서 이야기가 나왔는데, 암살자가 왔단다."

후배 검사는 움찔했다.

"그게 무슨 말이에요?"

암살자라는 건 심각한 문제다.

아무리 사건이 커진다고 해도 한국에서 암살은 잘 벌어지지 않는 일이다.

그런데 암살자가 들어왔다니?

"말 그대로야. 새론에서 정보를 줬어. 미다스가 빡쳐서 암살자를 보냈대."

"누구한테요?"

"누구겠냐? 구치소에서 암살이 가능한 건 아니잖아."

"헉!"

후배 검사는 숨을 다급하게 넘겼다.

"그 말이 사실이에요?"

"그래. 미다스 쪽에서 독단적으로 한 것 같아. 새론 쪽은 어떻게 막을 수도 없고, 그래도 아무리 생각해도 그건 아닌 것 같다고 나한테 이야기한 건데……."

오광훈은 곤란한 듯 어깨를 으쓱했다.

"알지, 내가 그쪽이랑 친한 거? 그래서 내가 그걸 조사할 수가 없어. 여러모로 구설수가 나올 수 있거든."

"그건 그렇지요. 그러면 그 암살자의 신분 같은 것도 알아요?"

"알겠니? 국정원이라면 또 몰라도 나야 그냥 검사 나부랭이잖아."

그렇게 말하며 오광훈은 걱정스러운 얼굴을 했다.

"처음에는 그 고발자일 수도 있지만 검사나 판사가 대상이 될 수도 있어. 그 사건 고발을 대리한 변호사일 수도 있고."

"그렇게까지 하겠어요, 설마?"

"그렇게까지? 지금 네가 보고 있던 주식 차트는 뭐 그렇게까지 할 일이냐?"

후배 검사는 입을 다물었다.

인터넷에 소문이 파다하다.

마이스터와 미다스가 한국에 보복을 천명했고, 벌써 해외 자본들이 다급하게 빠져나가고 있다고.

그들 입장에서는 그 자리를 지키다가 미다스와 싸우기는 싫을 테니까.

미다스와 싸워서 주식 방어해 줘 봐야 좋은 것도 하나도 없고, 미다스에게 뒤끝이 남으면 나중에 보복당할 수도 있다.

그때 한국이 도와줄 가능성은 전혀 없으니, 차라리 지금 빠졌다가 나중에 들어오는 게 나을 거라고 생각한 것이다.

"미다스라는 놈 갱단하고도 친한 것 같아. 브라질 갱단하고도 손잡았던 놈이라고. 그런 놈이 눈깔이 뒤집히면 뭔 짓을 못 하겠냐?"

"그건……."

"일단 제보가 들어와서 이야기해 주긴 했지만, 어쨌든 몸 사려라."

"으음……."

"더군다나 미다스가 누군지도 모르니까 우리는 못 잡아. 알지?"

"크윽……."

"몸 사려. 섣불리 싸우지 말고."

오광훈은 후배를 걱정해서 말하는 것처럼 이야기했다.

물론 이 모든 말은 상대방 변호사의 귀에 들어갈 것이다.

애초에 들어가라고 한 말이기도 하고 말이다.

"진짜 몸 사려야 한다."

후배는 침을 꿀꺽 삼켰다.

⚖

"이게 어떻게 된 거야? 절대 안 도와줄 거라며!"

이상주는 상황이 이상하게 돌아가자 당황해서 다급하게 회의를 시작했다.

"그게…… 이 정도로 끈끈할 줄은……."

"뭐! 이 정도로 끈끈할 줄은 몰랐다고? 지금 이게 몰랐다고 하면 해결할 상황이야!"

그렇잖아도 두한은 방사능 철 문제로 상황이 고약하다.

그런데 지라시를 통해 미다스와 마이스터가 보복한다는 말이 나오자 주가는 말 그대로 대폭락하고 있었다.

소문을 들은 투자자들은 미친 듯이 팔자를 외쳤고, 그 탓에 벌써 두 번이나 서킷 브레이크가 걸렸다.

"뭐라고 했어! 강간으로 몰아가면 문제 될 게 없다고 했지?"

"그, 그게……."

아무리 막장이라고 해도 강간 가해자를 위해 뭔가를 하는 기업은 없다.

한다고 해도 비싼 변호사를 선임해 주는 정도이지, 경제적 도발이나 전쟁까지 불사할 거라고 누가 생각이나 하겠는가?

"이거 어쩔 거냐고!"

더 큰 문제는, 기정사실화되기는 했지만 아직 진짜로 보복이 이루어진 게 아니라는 것이다.

지라시에 따르면 마이스터는 보복 전에 투자자들이 빠져나올 시간을 주겠다고 했고, 그래서 투자자들은 미친 듯이 팔자를 외치고 있었다.

멋모르고 좋다고 샀던 일부는 나중에야 소식을 알고 다급하게 다시 팔기 시작했고, 단시간 내에 시가총액이 벌써 800억이 넘게 주저앉았다.

이 난리가, 이제 겨우 시작이라는 거다.

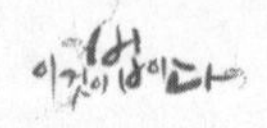

"젠장, 이제 와서 물러날 수도 없잖아!"

만일 여기서 물러나면 피해는 피해대로 입고 도망치는 꼴이다.

"그런다고 해서 미다스가 보복을 멈출 것 같지는 않습니다, 아버지."

이문소 역시 지금 물러나는 것에 대해서는 부정적으로 보았다.

"그러면? 해결책은?"

"일단 경제적 부분에 대해서는 우리가 버티면서 압박을 가해야 한다고 생각합니다."

"말이야 그렇지. 하지만 압박을 가할 대상이 있기는 한 거냐?"

마이스터에 압박을 가한다?

투자받는 기업이 투자자에게 압박을 가할 수는 없다.

더군다나 마이스터는 이미 두한의 주식을 팔자를 외치고 있는 상황이다.

"더군다나 다른 기업들까지 그러는데 어디다 압박을 가할 건데?"

"일단은 연금 쪽에 청탁을 넣어서 방어해야 할 것 같습니다."

"공단이라……."

국민연금공단.

국민의 미래를 위해 만들어진 곳이지만 현실적으로 운영은 정치인들과 대기업들의 쌈짓돈 취급을 받는 곳이다.

그렇다 보니 피해가 심해서 사실상 연금도 못 줄 상황인 것이 현실.

"하지만 우리가 주식을 긁어모으는 데 한계가 있습니다."

"젠장!"

물론 연금공단은 이런 주식시장에서 큰손이다.

그들의 주요 업무는 한국 주식의 방어다. 그러니 도움을 청하면 무너지지는 않을 것이다.

하지만 그로 인해 자존심이 무너지는 것은 전혀 다른 문제다.

"어떻게 이런 일이……."

이런 식으로 성범죄로 엮으면 대부분의 경우 제대로 저항도 못 하고 무너진다.

그건 미국도 마찬가지인지라, 절대 도와주지 않을 거라 생각했다.

그런데 예상과 다르게 엄청난 보복이 들어오고 있다.

"현 상황에서 우리가 할 수 있는 건 모른 척하는 것뿐입니다. 사실 증거도 없지 않습니까?"

이사진은 나름 머리를 쓰면서 이야기했다.

확실히 두한이 보복을 받기에는, 그들이 연관되었다는 증거가 하나도 없다.

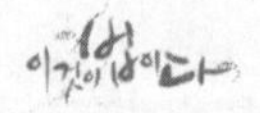

그러니 최대한 모른 척한다면 누구도 연관성을 알지 못할 거라 생각했다.

"그러니 우리는 조용히 입만 다물고 있으면 됩니다."

"그렇겠지. 설혹 그 멍청한 년들이 입을 나불거린다 해도 우리가 연관된 건 없지."

그러니 그들은 그저 억울하다고, 피해자 포지션만 잡으면 된다.

"일단 이번 보복에 대해 우리는 억울하다고 기자회견을 해. 강간범 주제에 경제 보복을 빌미로 풀려나려고 한다고 말이야."

그렇게 회의가 마무리되어 가려던 그때였다.

다급하게 들어온 비서가 이사에게 귓속말을 했고, 이사의 얼굴이 새파란 색으로 변했다.

"도대체 무슨 일인가?"

"그, 그게……."

이사는 창백한 얼굴로 대답했다.

"미다스가 킬러를 불렀답니다."

"뭐?"

"미다스가 킬러를 고용했답니다. 미국에서 한 명이 입국했답니다."

이상주의 얼굴이 그 어느 때보다 딱딱하게 굳었다.

⚖

"그게 무슨 말이에요?"

주지영은 노형진을 고발한 여자 중 한 명이었다.

물론 그녀는 노형진을 본 적도 없다.

그저 아는 사람을 통해 의뢰가 들어왔고, 미용실에서 일하는 자신의 처지가 한심했던 그녀는 무려 3억이라는 돈에 혹해서 강간당했다고 신고했다.

물론 그 이후에 무슨 일이 벌어졌는지에 대해서는 잘 알지 못했다.

그녀가 살던 집에 미리 준비되어 있었고, 경찰이 와서 수사한 후에 진술하고 나서는 할 일이 없었으니까.

그래서 그 받은 3억으로 자신만의 미용실을 여는 것이 그녀의 꿈이었다.

그런데 그 꿈이 이렇게 산산이 부서질 줄이야.

"검찰 쪽에서 정보가 왔습니다. 암살자가 들어왔답니다. 이번 사건과 관련된 사람에 대한 보복이라고 생각되는데……."

"보복요? 무슨 보복요? 그게 무슨 말이에요? 도대체 그 사람이 누구인데요?"

애초에 그녀는 경찰이 조사 결과 노형진이 범인이라고 할 때까지 노형진의 이름조차도 몰랐다.

그런데 갑자기 킬러라니?

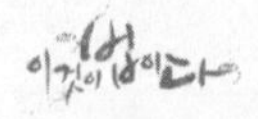

"그게……."

변호사도 어떻게 말해야 할지 몰라 당황했다.

그 또한 이 일이 암살까지 연결될 줄은 몰랐기 때문이다.

"미다스라는 세계적인 재벌의 부하입니다. 그 미다스가 보복을 위해 킬러를 보냈다는 의심을 받고 있습니다."

"세계적인 재벌?"

"네, 그게……."

말하던 변호사는 침을 꿀꺽 삼켰다.

"올해 기준으로 세계 18위의 재벌입니다."

주지영은 털썩 주저앉았다.

그녀는 사람 무서운 걸 모른다. 하지만 돈 무서운 건 안다.

세계 18위쯤 되는 재벌이라면 얼마나 무서운 사람일지 예상하는 건 어렵지 않았다.

"다, 당신! 나한테 무슨 짓을 시킨 거야!"

"아니, 일이 이렇게 될 줄은 몰랐고……."

"모, 몰랐다는 게 말이나 되는 거야! 돈만 받으면 된다며! 처벌받을 일은 없다며!"

"처벌이 아니라……."

처벌이 문제가 아니다. 이제는 목숨이 위험해지게 되었다.

"아니, 도대체 왜요? 내가 뭘 어쨌기에!"

"아무래도 이번 사건과 관련해서 상대방을 너무 만만하게 본 것 같습니다."

"그러면 어쩌려고요!"

"일단, 암살자를 잡기 전에는 가능하면 안전한 곳으로 대피해 있는 게……."

순간 미친 듯이 울리는 전화에 변호사는 잠깐 양해를 구하고 전화를 받았다.

"네, 한장진 변호사입니다."

-여보세요. 여기 서울중앙경찰서 강력부입니다.

"중앙경찰서 강력부요?"

그는 흠칫했다.

자신이 아는 한 강력부에서 전화가 올 일은 없었으니까.

그러나 이어지는 다음 말에, 손이 바들바들 떨렸다.

-귀하의 댁에 방금 전 총격이 있었습니다.

"초, 총격요?"

-네. 장거리 총격으로 보이는데, 창문이 깨졌습니다. 피해자는 다행히 없습니다만 안쪽에 있던 옷걸이가 박살 났습니다. 아무래도 그걸 사람으로 오해해서 쏜 것 같습니다만.

한장진은 그 자리에 털썩 주저앉았다.

"왜 변호사를?"

노형진의 질문에 무태식은 목소리를 낮췄다.

"어차피 여자들은 아는 게 없을 테니까요."

여자들을 습격해도 보복의 의미는 충족된다. 하지만 그런다고 해서 범인이 나오는 것은 아니다.

그녀들은 돈을 받고 강간 피해 신고를 했을 뿐이다.

돈을 받고 신고한 것이 불법이기는 하지만, 그녀들과 배후의 접점은 아예 없을 가능성이 크다.

하지만 변호사는 좀 다르다.

강간을 신고할 때 그걸 도와준 것은 변호사다.

단순히 강간 신고를 피해자들이 자발적으로 한다면 변호사를 낄 필요는 없다.

외부적으로 보면 그녀들이 고용한 것으로 되어 있지만, 무태식은 그렇게 생각하지 않았다.

"신고할 때 변호사를 끼고 하는 사람은 별로 없지요."

특히나 강간 같은 사건은 바로 현장에서, 혹은 병원에서 하는 경우가 보통이다.

그런데 그 긴급한 상황에서 변호사까지 끼고 신고했다?

나중에 보충하기 위해 변호사를 고용하는 경우는 있지만 이런 경우는 드문 편이다.

"그런데 이번 사건에서 보면 네 명 다 변호사를 끼고 소송을 진행했더라고요."

한두 명이라면 모르지만 네 명 다 그런 식으로 변호사를 끼고 신고를 진행했다면 그건 상당히 이례적인 일이다.

"그래서 공격 대상을 변호사로 잡았습니다. 여자를 공격해 봐야 노 변호사님의 무죄는 증명할 수 있겠지만 범인한테는 영향을 주지 못할 테니까요."

무태식의 말에 노형진은 만족스러운 미소를 지었다.

"역시 제대로 배우셨네요."

"뭐, 지금쯤 여자들도 잔뜩 겁먹고 있을 겁니다."

변호사에게 총격이 가해졌다는 걸 알았고, 언제 자신이 표적이 될지 모르는 상황이다.

당연하게도 그들은 다급하게 도망갔다.

물론 이미 새론에서 사람을 붙여서 추적 중이기에 별 의미는 없지만 말이다.

"경찰에서는 난리가 났겠군요."

"난리가 났지요."

무태식은 미소를 지으며 말했다.

"요즘은 사진이 잘 나오더군요. 망원렌즈가 얼마나 좋은지, 아무리 거리가 멀어도 참 잘 찍혀요."

"사진이 예쁘게 나왔나요?"

"아주 예쁘게 나왔던데요?"

사실 무태식은 경찰들의 사진을 찍어서 그들에게 발송했다.

물론 그들에게 직접적으로 총격을 가한 것은 아니다.

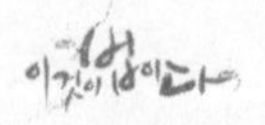

하지만 그 사진만으로도 그게 뭘 의미하는지 모를 경찰들이 아니다.

그들 스스로가 불법적으로 증거를 조작해서 노형진을 잡으려고 했던 자들이다.

만일 미다스가 보복하려고 한다면 자신들 역시 보복의 대상이 될 거라는 걸 알게 될 것이다.

"물론 그들이 불법을 저지르지 않았다면 켕길 게 없겠지만요."

중요한 건 이미 미다스가 보복을 시작했다는 것이다.

그리고 그 보복이 언제 멈출지는, 아무도 알 수가 없다.

"우리를 악당으로 만드는 게 그들의 목적이라면, 그 소원대로 우리가 악당이 되어 주면 됩니다."

무태식은 단호하게 말했다.

그는 어떤 면에서는 노형진보다 더 과격한 사람이다.

돈 때문에 죄를 만들어 대는 사람들을 용서하고 싶은 마음이 전혀 없었다.

"좀 과격한 쪽이 확실히 효과는 있겠네요."

지금까지 이런 죄에 연관된 사람들은 대부분 처벌받지 않았다.

특히나 경찰이나 검찰은 일종의 신성불가침의 영역처럼 아예 조사의 대상조차 되지 않았다.

변명은 뻔하다.

자기들이 심은 증거가 아니라는 것이다.

그리고 그 증거를 심은 놈들은 대부분 추적 불가능하고, 아마도 해외로 도망간 후일 것이다.

"하지만 이번에는 상황이 좀 달라졌지요."

지금까지처럼 그냥 법으로 처벌하던 게 아니라 킬러라는 극단적 방법이 동원된 이상, 그들은 공포에 굴복할 수밖에 없다.

지금까지 한국에서 킬러를 동원해서 사람을 노리거나 하는 경우는 드물었다.

특히나 경찰과 검찰은 말이다.

'그런 경우에 사람들이 선택하는 방식은 두 가지지.'

하나는 거기에 굴복해서 부패하는 것.

당장 멕시코가 그런 상태다. 대부분이 폭력에 굴했다.

그래서 죽거나 부패하거나다.

나머지 하나는 그 폭력에 굴하지 않고 당당하게 목숨 걸고 싸워 이기는 것.

'하지만 이미 돈 앞에 무릎 꿇어 본 놈들이 그럴 리가 없지.'

결국 그들은 공포라는 이름 앞에 무릎을 꿇을 수밖에 없다.

"그러면 이쯤에서 우리가 꺼내 드려야겠지요?"

무태식은 노형진에게 말했다.

지금 구속 상태에서 꺼내지 못할 이유는 없다.

"아쉽네요. 여기서 편하게 먹고 자면서 휴가 좀 즐기나 싶었는데."

노형진은 키득거리며 웃었다.

⚖

얼마 후 새론은 구속적부심사를 신청했다.

구속이 정당한 건지 확인하기 위한 심사로, 만일 부적당하다고 판단되면 대상은 비구속 상태에서 재판받게 된다.

'하지만 싸움이 될 리가 없지.'

담당 형사들은 모조리 병가를 내고 도망갔고 고소했던 여자들은 연락 두절 상태.

고소를 도와줬던 변호사들도 사임계를 내고 내뺀 상태에서 적당한 이유가 나올 리가 없다.

"이거 참……."

담당하는 판사는 어이가 없다는 표정이었다.

그럴 수밖에 없는 게, 일단 구속적부심사를 하기 위해서는 무조건 검사의 의견을 들어 봐야 한다.

그런데 검사가 없다.

멀쩡하던 검사가 갑자기 병을 이유로 사건을 포기했기 때문이다.

"이건 좀 너무하다 싶은데."

씁쓸하게 웃는 판사.

"켕기는 게 많으니 못 오겠지요."

노형진의 말에 판사는 긴 한숨을 내쉬었다.

"그럴 겁니다."

판사는 바보가 아니다.

원래는 이 구속적부심사도 다른 판사가 해야 하는 일이었다.

그런데 갑자기 맹장이 터져 응급실로 실려 갔다고 한다.

그것도 오늘 아침에.

"일단 사건 기록을 확인해 봤습니다만."

무태식과 함께 온 노형진에게 판사는 차분하게 말했다.

"두 분 다 변호사이니 아실 테지만, 이 자리는 죄를 판단하는 자리가 아닙니다. 구속영장 집행의 적법성 여부를 확인하는 자리이지요."

"알고 있습니다, 재판장님."

"이번 사건에서 피고인 측의 사회적 위치와 경제적 여건 등을 생각하면 도주의 위험성은 없다고 봅니다. 그러나 증거인멸 등이 우려되는 것은 사실입니다."

검사가 없다고 하지만, 확인할 수 있는 건 다 확인해야 한다. 그랬기에 판사는 객관적으로 사건을 보려고 했다.

"하지만 재판장님, 이번 사건에서 피고인이 증거를 인멸

하려는 시도를 한 적은 없습니다."

"하지만 시중에 도는 소문에 의하면 꼭 그렇지도 않은 것 같습니다만?"

"시중에 도는 소문은 피고인과 아무런 관련이 없습니다."

"하지만 발견된 총기가 있지요."

단순히 사진만 날아온 거라면 누구도 그다지 신경 쓰지 않았을 것이다.

하지만 실제로 변호사들의 빈집에 총알이 날아들었고, 그 총알이 발사된 총이 발견되었다.

마치 보란 듯이 말이다.

그리고 연달아 사진들이 날아들었다.

미다스라는 존재를 생각하면 그 총기가 가지는 의미가 너무나 확실했기에 그냥 무시할 수는 없었다.

"그 부분에 대해 저희 피고인은 아무런 행동도 하지 않았습니다. 다만 미다스라 불리는 사람이 했다는 일련의 소문만이 있을 뿐입니다. 그런데 그 미다스의 존재는 그저 소문일 뿐이지, 증명된 바도 없습니다."

말 그대로 지라시에서 보복한다는 소문만 돌 뿐이지 진짜 보복이 들어간 적은 단 한 번도 없다.

"총격의 문제에 있어서는, 변호사라는 직업이 아무래도 적이 워낙 많다 보니 그 부분을 감안해야 한다고 생각합니다. 여기에 있는 피고인 역시 변호사로서 무려 두 번이나 총에 맞았던 전력이 있습니다."

"하지만 총격을 당한 네 변호사들의 공통점이 피고인의 소송을 진행한 사람들이라는 부분이 문제가 되는군요."

"그건 우연일 뿐입니다. 설사 그들이 누군가에게 위협을 받았다고 해도 그건 완전 별개의 사건이지, 이번 사건과 관련해서 피고인이 한 일은 아무것도 없습니다. 피고인은 지금까지 구치소에서 모범적인 생활을 해 왔습니다."

무태식의 말에 판사는 얼굴을 문질렀다.

그리고 갑자기 일어나서 문을 잠그고 창문의 블라인드를 내린 다음 무태식의 앞에 자리 잡았다.

"태식아, 툭 까놓고 말하자. 여기서 풀어 주면 내 입장이 어떻게 될 것 같냐? 지금 상황이 어떤지 모르냐?"

"모르지는 않지요."

경찰이고 검찰이고 죄다 도망가는 상황이다.

"하지만 애초에 도망가는 놈들 자체가 문제 있는 거 아니에요? 그렇잖아요. 자기들이 켕기는 게 있으니까 도망간 거잖아요."

"야! 총알까지 날아오는데 누가 안 도망가?"

"그러면 조금만 위협이 되면 도망가는 게 정상이에요? 아니 뭐, 한국에서 깡패들이 검찰이나 경찰 위협하는 게 한두 해 일도 아닌데, 그때마다 도망가는 검찰이나 경찰이 어디에 있습니까, 선배?"

"끄응…… 그건 그렇지."

현실적으로 보면, 그런 위협이 들어오면 항복하는 게 아니라 저항하고 목숨을 걸고 잡아야 한다.

"그런데 그 새끼들은 튀었잖아요! 현실적으로 보면 그런 놈들이 돈 받아 처먹고 뭔 짓을 했는지 어떻게 알아요?"

"야…… 아무리 그래도 그렇지!"

"아, 진짜. 선배도 알잖아요, 이거 누명일 가능성이 높은 거."

"후우, 나도 들었다. 아니, 모르는 사람이 없다."

한숨으로 대답하는 판사.

아무리 조용히 움직인다고 하지만 법조계에서 소문이 도는 것은 어쩔 수가 없다.

더군다나 이런 사건은 관련자들이 많을 수밖에 없다.

경찰과 검찰 내부에 관련된 자들의 아무리 조심한다고 해도, 그와 관련된 소문 자체를 막는 것에는 한계가 있다.

"뭐 아는 거 있어요?"

무태식은 혹시나 하면서 다시 물었다.

"내부에 무슨 소문이라도 있었어요?"

"툭 까고 말해서?"

"네, 툭 까고 말해서."

"이번에 뿌려진 돈이 30억이라더라."

"30억요?"

"그래. 아주 작심한 것 같더라."

"어디서 들은 건데요?"

이 정도로 소문이 돌았다면 그 근원지가 있기 마련이다.

"지검장 파벌."

"네?"

"지검장 파벌이 모임을 가졌어."

"지검장요?"

"그래. 그쪽에서 다음 선거를 준비하고 있거든."

"선거요?"

"그래. 국회의원에 나갈 계획인 것 같더라."

"흠……."

많은 법률 전문가들이 정치인이 되기를 원한다.

어떻게 보면 판사들보다 훨씬 더 많은 돈을 벌고 더 많은 걸 누리는 게 정치인이기 때문이다. 그런데 정작 책임은 지지 않는 존재다.

실제로 정치인들 중에는 법률가 출신이 무척이나 많다.

특히 판사 쪽이 압도적인 비율을 가지고 있으니, 판사를 하던 사람들이 정치 쪽으로 가는 것이 딱히 이상한 일은 아니었다.

문제는 돈이다.

당장 공천을 받기 위해서 당에 내야 하는 돈도 있고, 선거 자체에 들어가는 돈도 어마어마하다.

원래 금수저가 아니라면 그 돈을 감당하는 것은 사실상 불가능에 가깝다.

최소한 20억 이상의 돈이 들어가니까.

정상적으로 판사 노릇을 한 사람은 쓸 수도 없는 돈이거니와, 어떻게 벌어서 쓴다고 해도 만일 당선되지 않으면 그대로 날리게 된다.

"그 소문, 확실한 겁니까?"

"확실하다 못해서 확정된 거다. 법원장이 여기저기 찌르고 다닌 지 제법 오래되었으니까."

선배의 말에 무태식은 눈을 찡그렸다.

그런 판사나 검사가 없는 것은 아니다.

그런 사람들을 막을 수 있는 방법도 없거니와, 그런 자들이 세력을 만드는 것도 막을 수가 없다.

"법관이 정치권으로 가는 걸 막는 법을 만들기 전에는 매일같이 벌어지는 일이자."

노형진은 그 말을 하고 있는 판사를 물끄러미 바라보다가 물었다.

"판사님은 정치권으로 가실 생각은 없는 겁니까?"

"그럴 생각이 있었다면 여기에 심사하러 오지도 않았겠지요."

그는 짜증 난다는 듯 말했다.

"죄다 심사하기 싫다고 하니 나도 어쩔 수 없이 온 거긴

한데…….”

원래 이런 재판을 심사하는 사람은 세 명이다.

원래는 그의 순번이 아니지만 둘 다 도망가 버렸기에 어쩔 수 없이 온 것이다.

“후우.”

“그러면 영웅 한번 되어 보실 생각 없으십니까?”

“뭐라고?”

노형진의 말에 그는 크게 눈을 떴다.

“지금, 사람들이 죄다 겁먹고 도망가는 상황이지요. 그래서 일이 여의치 않게 되어 가니 아마도 그들은 상당히 기분 나쁠 겁니다.”

“그게 무슨 소리입니까?”

노형진은 의자에 기대어서 차분하게 말했다.

“이번 사건에서 빠진 게 있지요.”

“빠진 것?”

“네. 기본적으로 저를 사회적으로 매장하기로 했다면, 결정적인 게 빠졌습니다.”

다들 고개를 갸웃했다.

지금까지 그들의 방법은 잘 먹혀 왔다.

물론 새론의 방해로 상황이 약간 이상하게 돌아가고 있기는 하지만 말이다.

“정상적인 상황이라면, 언론에서 저를 신나게 씹고 있어야 합니다."

"아……."

성범죄 누명이 사람을 말살하는 가장 큰 이유.

그건 일단 여론 재판이 벌어진 후에는 무죄가 확정된다고 해도 되돌릴 방법이 없기 때문이다.

"시기로 봐서는 이미 방송과 언론에서 저를 잘근잘근 씹고 있어야 합니다. 현실적으로 말하면 제가 언론과 사이가 별로 안 좋거든요."

노형진은 어깨를 으쓱하며 말했다.

"그런데 그게 실패했지요. 왜일까요?"

무태식은 고개를 갸웃했다.

자신이 생각해도 그들이 이토록 조용할 이유가 없었기 때문이다.

생각해 보면, 아무리 상황이 안 좋다고 해도 두한이 방송이나 언론을 통제하지 못할 가능성은 낮다.

"왜 그럴까요?"

"그건 무태식 변호사가 한 작전 때문입니다."

"네? 저요?"

무태식은 당황했다.

자신이 노형진을 꺼내기 위해 작전을 짜기는 했지만 그쪽은 전혀 생각해 보지 않았기 때문이다.

"그들이 움직이지 못한 건, 무태식 변호사의 작전에 경찰이고 검찰이고 죄다 꼬리를 말고 도망갔기 때문입니다.”

“아!”

그제야 무태식과 판사는 아차 싶었다.

경찰이고 검찰이고 판사고, 죄다 가오로 먹고산다.

자기들이 위대한 사람인 것처럼, 최고의 지도자인 것처럼 군다.

“하지만 정작 암살 위협 때문에 꼬리를 말고 도망갔다는 걸 언론에서 알면 어떻게 될까요?”

“겁쟁이라고 빈정거리겠지요.”

원래 그런 위협에 굴하지 않고 싸워야 하는 것이 검찰과 경찰 그리고 법원이다.

그런데 지금 그들은 암살 위협에 잔뜩 겁먹고 움츠러들었다.

그게 외부에 드러나면 이만저만한 치부가 아니다.

“그리고 다른 문제도 있지요. 한 번 움츠러든 사람이 두 번은 움츠러들지 않겠느냐.”

“으음…….”

“폭력에 굴한 사람이 돈에 움츠러들지 않겠느냐, 돈에 움츠러든 사람이 권력에 움츠러들지 않겠느냐.”

노형진의 말에 판사는 눈을 찡그렸다.

이 말의 의미는 뻔하다.

“한국의 사법 시스템은 타락했다.”

재판부와 검찰 그리고 경찰은 그 사실을 절대로 인정하고 싶지 않을 것이다.

"그렇다 보니 그들은 사건을 기사화하지 못하는 겁니다. 그랬다가는 제가 욕먹는 것 이상으로 자신들이 욕먹을 테니까."

노형진이야 타격받을 게 거의 없다.

일단 무죄라는 게 증명되면 변호사 자격이 사라지는 것도, 돈이 사라지는 것도 아니다.

더군다나 그의 사회적 지위 역시 사라지지 않는다.

"그렇다고 사회단체가 저를 공격할 것 같습니까?"

무태식도 판사도 고개를 흔들었다.

그럴 리가 없다.

한국의 사회단체는 강자에게는 약하고 약자에게는 강하다.

노형진은 강자이고, 보복에 들어가면 어지간한 사회단체 날리는 것은 일도 아니다.

"그리고 관련 기록을 삭제하는 것도 어려운 일은 아니지요."

인터넷에서 관련 자료를 작심하고 삭제하려고 하면 못할 것은 없다. 다만 시간과 돈이 많이 들어가서 그러지 못하는 것뿐이다.

하지만 시간과 돈은 노형진에게 있어서 하등 문제가 되지 않는다.

"더군다나 저는 변호사지요. 변호사에게 중요한 건 승률과 힘이지, 사회적 유명세가 아닙니다."

하물며 거의 돌지 않은 소문이라고 하면 거의 영향을 주지 못한다.

"그런 면에서 보면 이번 사건은 저에게 거의 타격이 없어요. 물론 언론에서 이걸 가지고 때렸다면 모르겠지만."

하지만 언론에서 때리기 전에 검찰과 법원이 먼저 꼬리를 말았다.

"나한테 하고 싶은 말이 뭡니까?"

"이참에 두한 라인으로 서 보시지 않겠습니까?"

판사의 눈이 묘하게 찡그러졌다.

지금 두한이 노형진에게 수작을 부린 건 대부분이 아는 사실이다.

그런데 두한의 라인으로 들어가라니?

"구속적부심사를 기각하세요."

노형진의 말에 무태식은 깜짝 놀랐다.

"노 변호사님! 그게 무슨 말씀이십니까? 구속적부심사를 기각하라니요!"

"구속 상태가 나한테는 문제가 안 됩니다. 저는 나름 구치소에서 편하게 지내고 있거든요."

"그런……."

"제 구속적부심사를 기각하고 나면 아마 제법 핵심으로 치고 올라갈 수 있을 겁니다."

"그건 그런데……."

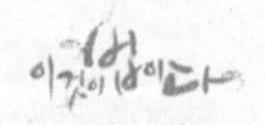

자기들 딴에는 법원의 신념을 보여 줬다면서 칭찬이 자자할 것이다.

그리고 그런 그를 두한에 소개시켜 줄 테고.

"자연스럽게 두한의 라인에 들어가실 수 있을 겁니다."

"나보고 스파이 노릇을 하라는 겁니까?"

판사는 노형진이 요구하는 게 뭔지 바로 알아차렸다.

노형진에 대한 구속을 승인하면 그의 깡은 인정받는 셈이고, 그게 인정받으면 당연하게도 여러 가지 더러운 일의 청탁이 들어오기 시작할 것이다.

"나쁜 제안은 아닌 것 같은데요. 어차피 여기서 나가시면 변호사가 되실 거 아닙니까?"

"으음……."

"저와 두한 양쪽에서 돈을 받으면 제법 많이 받으실 것 같은데요."

"돈 때문에 제가 흔들릴 거라 생각합니까?"

"그건 아니지요. 하지만 여기에 왔다는 것 자체가 그래도 신념이 제대로 되신 분이라는 거지요."

판사는 침묵을 지켰다.

맞는 말이다. 누군가는 해야 하는데 다들 겁먹고 도망가는 상황인지라 자신이 온 거다.

이대로 심사도 하지 않을 수는 없으니까.

"그리고 저는 벌써 구속에서 풀려나기를 원하지 않습니다."

"어째서요?"

무태식은 이해가 가지 않았다.

지금은 구속적부심사를 하면 풀려나는 게 확정적인 상황이다. 그런데 풀려나기를 원하지 않는다니?

"그냥 구치소에서 좀 쉬고 싶어서요?"

"장난하지 마시고요."

노형진은 무태식의 말에 고개를 끄덕거렸다.

"제가 풀려나면 사건이 너무 편하게 흘러가거든요."

아마도 구속에서 풀려나면 여자들은 신고를 취소할 것이다.

사실 무고가 안 되는 상황이라면 그들 입장에서는 신고를 취소하는 게 최선의 선택이다.

"하지만 강간은 더 이상 친고죄가 아니잖습니까?"

"그렇지는 하지요. 하지만 이건 엄밀하게 말하면 친고가 아니거든요."

그녀들은 강간당했다고 신고한 거고, 노형진이 특정된 것은 범행 현장에서 발견된 지문과 머리카락 때문이다.

"그런데 그들이 신고가 거짓이라고, 사실은 거짓말한 거라면서 취소하면 그 증거의 능력도 부정됩니다."

"아하!"

증거가 효력을 발휘하는 것은 사건이 존재하기 때문이다.

사건이 존재하지도 않는데 증거가 효력을 발휘할 수는 없다.

"그러면 저는 풀려나겠지요."

"그래서요?"

"그러면 보복을 멈춰야 하지 않습니까? 사실 이미 풀려났는데 보복을 계속하기도 애매해지고요."

노형진은 이번 기회에 이런 짓거리를 하는 놈들을 박멸할 생각이었다.

이번에는 그가 걸렸지만, 이놈들이 그뿐만 아니라 얼마나 많은 사람들에게 죄를 뒤집어씌우고 돈을 받아 처먹었는지 감조차 잡을 수 없는 상황이 아닌가?

"그러니 당분간은 제가 구치소에 있겠습니다. 그러면 보복의 정당성은 계속 이쪽에 있게 되는 거지요."

"하지만 그거랑 상관없이 그 여자들이 먼저 신고를 취소해 버릴 수도 있지 않습니까?"

"그렇지요. 하지만 그럴 것 같지는 않네요."

신고를 취소하려고 했다면 벌써 했어야 한다.

그런데 그녀들은 하지 않고 있다.

"제가 감옥에 있다는 사실 때문에 약간은 안심하는 거지요."

그래서 노형진은 지금의 상황을 그대로 유지할 생각이었다.

그래야 그들을 박멸할 수 있으니까.

"물론 두한 역시 당황할 테고요."

"두한을 가만두지는 않으실 생각이군요."

"네. 무엇보다 가장 큰 문제는, 지금까지 제가 보복한 건 없다는 거지요."

"그건…… 그러네요."

암살자가 왔다고 하지만 공식적으로 미다스나 노형진이 보낸 거라고 밝혀진 것은 아니었다.

투자회사들이 자산을 빼고 있기는 하지만 이 또한 노형진의 공격 때문은 아니었다.

"더군다나 마이스터와 미다스는 보복을 결의했습니다. 그런데 여기서 멈추면 그들의 신의에 문제가 생깁니다."

"신의?"

"다급하게 나가 버린 외국계 자본이 손해를 보지 않았겠습니까?"

"아하! 그 부분을 생각 못 했네요."

다급하게 나갔으니 손해 보는 정도가 줄었다곤 하지만, 그렇다고 해서 그들이 아예 손해를 보지 않은 것은 아니다.

"그런데 제가 만일 보복하지 않으면 저는 그들을 속인 셈이 되거든요."

"그건 좋은 선택은 아니지요."

어찌 되었건 노형진의 목적은 두한과 싸우는 것이지 세계 투자회사들과 싸우는 것이 아니니까.

"그러니 당분간은 보복이 계속되어야 합니다."

그래서 노형진은 당분간은 구치소에 계속 있을 계획이었다.

"아마 저에 대한 보복이 진행될수록 심장이 떨리는 건 두한일 겁니다, 후후후."

자기가 판 함정에 자기가 빠지다

“뭐? 구속이 연장되었어?”

이상주는 얼굴이 핼쑥해졌다.

상황을 봐서는 구속이 연장되지 않을 거라 생각했다. 그런데 노형진의 구속이 연장되었다는 소식이 다급하게 들려왔다.

“그 판사 새끼, 바보 아냐! 이 상황에서 연장하면 어쩌자는 거야!”

“그래서 더 연장한 거랍니다, 자신들이 봐서는 그런 식으로 증거를 인멸할 가능성이 많다고…….”

“이런 미친!”

상황은 치명적으로 돌아가고 있다.

그들은 어떻게 해서든 무마하고 싶었지만 이미 지라시를

통해 소문이 무섭게 돌고 있었다.

물론 지라시로 소문이 도는 거야 문제가 안 된다.

지라시의 대부분은 가짜이고, 가끔 그런 소문을 고의로 돌려서 개기지 못하게 하려는 경우도 많기 때문이다.

문제는 미다스가 노형진을 꺼내기 위해 법원에서 최선을 다할 뿐만 아니라 그에 따른 보복이 진행되고 있다는 것이었다.

"당장이라도 풀어 줘! 어떻게 해서든 사건을 수습해야 할 거 아니야!"

"그게, 그 판사는 나름 우리를 위해 한 거라고……."

"와…… 미치겠네."

구속적부심사는 한 번뿐이다.

그게 끝났으니 더 이상 어떻게 할 수도 없다.

결국 노형진은 여전히 감옥에 있고, 미다스의 뚜껑은 제대로 열렸을 수밖에 없다.

"어쩌다 이런 일이……."

완벽하게 자기 함정에 자신이 빠진 꼴이었다.

미다스가 손절했어야 정상인데 그러지 않은 바람에 두한은 핀치에 몰리고 있었다.

"회장님, 지금 기재부 장관님께서 만남을 요구하고 계십니다. 바로 시간을 잡아 달라고……."

"바쁘다고 나중으로 미뤄."

"이미 이야기했습니다. 이동하는 차 안에서라도 이야기하겠다고 하십니다. 하다못해 전화라도 달라고 하십니다."

그럴 수밖에 없다.

지금 미다스가 한국에 보복한다는 소문이 돌면서 주식시장은 나락으로 떨어지기 시작했다.

보복의 대상을 단순히 두한이 아니라 한국으로 특정한 것이 문제였다.

더군다나 그로 인한 충격을 줄이기 위해 다른 외국 기업들까지 빠져나가는 바람에, 한국에서는 급격하게 외화가 빠져나가면서 또다시 IMF가 오는 게 아니냐는 공포 섞인 전망까지 나왔다.

그런 상황에서 그 사건의 원흉이나 마찬가지인 두한과 이야기하지 않으려고 할 리가 없다.

문제는 두한 입장에서도 딱히 해결책이 없다는 것이다.

"일단 미다스, 아니 마이스터 쪽에 이야기해 봐. 무슨 오해가 있는 것 같은데 풀어야 하지 않느냐고."

일단은 딱 잡아떼는 전략을 선택한 이상주였다.

"오해는 개뿔."

김성식은 마이스터에서 온 연락에 코웃음을 쳤다.

일단 노형진의 명령이 떨어졌기 때문에 마이스터에서는 계획대로 두한과 한국에 대한 보복을 시작하겠다고 했다.

그리고 그 첫 번째는 두한과 관련하여 정보길드가 가지고 있던 모든 불법 사항을 고발하면서 시작되었다.

“두한 중견 과장급 이상의 5분의 1에 달하는 인원에게 소환장이 청구되었답니다.”

중간 관리자들 대부분의 소환이 청구되었고 두한은 난리가 났다.

두한같이 상부가 부패한 조직의 중간이 부패하지 않을 수가 없다.

작게는 성추행에서부터 성희롱, 크게는 공금횡령이나 뇌물 수수까지 줄줄이 소환장이 들어오자 두한은 그제야 아차 싶었다.

“더군다나 이번에 미다스에서 만든 쪽에서 정보도 많이 들어오고 있답니다.”

무태식은 보고서를 넘기며 말했다.

“그 장기 대출 말이지?”

“네. 그쪽에서 들어오는 것 중에서 두한이나 두한 관련 회사들의 내용은 모아 두지 않고 무조건 고발로 진행하고 있습니다. 현재 하청 업체 네 곳이 수사가 진행 중입니다.”

“미다스가 제대로 빡치니까 아주 난리가 나는구먼.”

“더군다나 마이스터에서 형사와 검사, 판사의 친인척들에게 접촉하기 시작했습니다."

"왜?"

"범죄 관련 증거를 주면 돈을 주겠다고 하면서 말입니다."

"난리가 났군."

"그리고 이 부분이 재미있는데……."

무태식은 빙긋 웃었다.

자신의 선배에게 들은 정보를 마이스터에 보냈다. 그리고 마이스터의 피드백은 즉각적이었다.

그 판사에 대한 보복?

아니다.

"그 판사가 후보로 나오는 순간 그 지역구를 작살내겠다고 선전포고했답니다. 만일 비례로 나오면 당 대표의 지역구를 작살내겠다고 했다네요."

"법원장이라고 했나? 인생 끝장났군."

마이스터나 미다스가 대한민국을 작살낼 수는 없다. 아무리 돈이 많아도 그건 불가능하다.

하지만 지역구 하나 작살내는 것은 어려운 일이 아니다.

실제로 그런 적이 있었다.

물론 그 지역구는 도시까지는 아니고 가난한 지역이었다고 하지만, 도심지라고 해도 바뀌는 건 없다.

당장 빌딩 몇 채 사서 혐오 시설을 유치하기만 해도 그 지역구의 표가 날아가는 것은 일도 아니다.

아니, 시장 옆의 건물 하나를 사서 시장보다 훨씬 싼 가격에 물건을 공급하면 그 지역 상권을 작살내는 데 6개월도 안 걸린다.

학군도 마찬가지.

빌딩을 통째로 무료 PC방이나 만화방, 당구장으로 바꾼 후에 근처에 있는 학원의 불법적 영업을 신고하기 시작하면 학군이 작살나는 건 순식간이다.

"보통 이런 치사한 싸움은 하지 않는데 말이지요."

"그건 그렇지. 하지만 미다스는 우리 생각과는 좀 다르지 않나."

"맞습니다. 그는 자신에게 이빨을 드러낸 사람들에게 자비가 없지요."

다른 사람들은 눈치를 보면서 뒤에서 수작질을 부린다면 미다스는 눈앞에서 당당하게 수작질을 한다.

물론 욕을 먹기는 하지만 그런 건 신경도 쓰지 않는다.

실제로 신경 쓸 필요가 없다.

미다스와 마이스터는 투자자이고 투자회사이니, 일반인들과 접촉할 일이 없기 때문이다.

"일단 지방법원장은 정리된 것 같습니다. 그쪽에서 다급하게 연락이 오기는 합니다만."

"이쪽에서 할 말은 없다고 해. 중요한 건 이 사건의 배후니까. 그 여자들은 어떤가? 추적은 가능한 상황이지?"

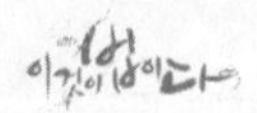

"각자 도피 중입니다. 물론 우리가 추적 중입니다만. 일단은 놔둬야 할 것 같습니다."

"왜?"

"어차피 처벌도 안 받을 건데 마음고생이라도 해 봐야 하지 않겠습니까, 후후후."

무태식은 즐거운 듯 웃으며 말했다.

⚖

주지영은 여관 바깥으로 나가지도 못한 채 며칠째 갇혀서 살고 있었다.

암살자가 왔다는 사실이, 자신이 암살의 대상이 되었다는 사실이 너무나 무서웠다.

"배달입니다."

누군가 문을 두들기는 소리에 그녀는 빼꼼 고개를 내밀어 비디오폰을 살폈다.

벌써 몇 번이나 봤던 배달부가 서 있었다.

하지만 다음 순간, 그녀는 그 뒤에 비치는 낯선 그림자를 발견하고 비명을 막기 위해 입을 손으로 틀어막아야 했다.

"배달요!"

분명 배달을 시키기는 했다. 그리고 배달부가 왔다.

하지만 그 뒤에 낯선 남자가 서 있었다.

이쪽과 무관한 것처럼 굴기는 했지만 이쪽을 자꾸 바라보고 있었다.

"여보세요. 여보세요."

배달부는 그걸 아는 건지 모르는 건지 계속 문을 두들겼지만 그녀는 대답할 수 없었다.

문을 여는 순간 그 남자가 문으로 들어올 것 같았기 때문이다.

"아, 씨발! 뭐야, 장난이야?"

배달부는 짜증을 내면서 몸을 돌려서 내려갔고, 그 뒤에 있던 남자는 배달부가 내려가자 아무것도 모르는 것처럼 바로 옆방으로 들어갔다.

그런데 상식적으로 남자 혼자 여관방에 들어갈 일이 얼마나 되겠는가? 그것도 자신을 따라다니면서 말이다.

"이, 이러다 죽는 거야?"

언제 죽을지 모른다는 공포감은 생각보다 대단하다.

사형수들이 감옥에서 제일 힘들어하는 건 육체적인 문제가 아니다.

전통적으로 사형은 기습적으로 시행된다.

현실적으로 대한민국이 비공식적 사형 폐지국이기는 하지만, 이를 반대로 말하면 공식적으로는 사형 제도가 남아 있다는 뜻이다.

그래서 사형수들은 갑작스러운 면회에 무척이나 예민하게

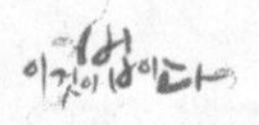

반응한다.

그것도 아침 일찍이나 오후 늦게 면회자가 오면 발악하면서 저항하기도 한다.

역사적으로 그때 형이 많이 집행되고 그때마다 면회라는 이름으로 사형장에 끌어내기 때문이다.

사형 집행이라고 하면 나가지 않기 위해 지랄할 게 뻔하니까.

하물며 범죄자조차도 미쳐 가는 게 그런 죽음에 대한 압박이다.

평범한 여성이 이겨 낼 수 있는 압박이 아니다.

그녀는 중국집 배달부가 가고 나서도 아무런 말도 못 하고 구석에서 벌벌 떨었다.

벌써 사흘째다.

나가서 뭐든 먹고 싶었지만 그럴 수도 없고, 여관방에는 당연히 딱히 배를 채울 만한 것도 없었다.

지난 사흘간은 배달 음식도 먹지 못하고 오로지 물로만 배를 채워야 했다.

주지영은 자신의 실수를 후회했지만 이제 늦었다는 걸 알고 있었다.

"흑흑흑."

흐르는 눈물을 애써 막으려고 하는 주지영.

그 순간 누군가가 문을 두들겼다.

그녀는 다급하게 입을 막았다.

혹시나 울음소리가 바깥으로 새어 나갔을까 봐 두려웠다.

그 순간 문밖에서 들려오는 목소리.

"거기에 있는 거 압니다."

"……."

"이 게임은 그만하지요. 타협하고 싶습니다."

그녀는 아무런 대꾸도 하지 못했다.

자신이 여기에 없다고 생각하고 그냥 가기를 원했다.

하지만 상대방은 자신이 여기에 있다는 걸 알고 있다는 것 또한, 주지영은 잘 알고 있었다.

상대방은 그녀가 대답을 하든 말든 자기 말만 하기 시작했다.

"그쪽에서 강간 신고를 한 건 알고 있습니다. 그리고 그쪽도 이용당했다는 것도 알고 있지요. 거래하지요. 당신에 대한 처벌도 보복도 하지 않을 겁니다."

"……."

"당신이 가지고 간 돈에 대해서도 터치하지 않을 겁니다. 법적인 어떠한 처벌도, 우리는 하지 않습니다. 아니, 못 하지요. 이미 변호사에게 들어서 아실 텐데요?"

"……."

주지영은 침을 꿀꺽 삼켰다.

"무고죄가 성립되려면 상대방을 특정해서, 죄가 없는 걸

알면서도 죄를 뒤집어씌워야 하지요. 하지만 변호사가, 당신은 상대방 특정 부분에서 무고죄의 사유가 조각된다고 설명해 주지 않던가요?"

"……."

분명 들었던 말이다.

그래서 아무 생각 없이 동의한 것이다.

그냥 3억이 공짜로 생기는 돈이라 생각했으니까.

"그 말이 맞습니다. 우리는 그쪽을 무고로 고발할 수 없습니다. 마찬가지로 그쪽 변호사나 증거를 심은 사람들도, 당신을 고발하거나 보복할 수는 없지요."

"……."

"물론 대답하기 싫은 건 압니다. 하지만 우리는 당신에게서 떨어지지 않을 겁니다. 그리고 잊고 있었나 본데, 지금 당신이 있는 방의 방세를 누가 내고 있다고 생각합니까? 요 며칠 허탕만 치던 배달부들이 왜 그냥 조용히 갔다고 생각합니까?"

그 말을 들은 주지영은 너무 놀라서 말이 안 나왔다.

생각해 보니 그녀는 무려 열흘이나 방세를 안 냈다.

정상적인 경우라면 여관 주인이 문을 따고 들어왔어야 한다.

음식도 마찬가지.

사흘 전부터 배달을 시킬 때마다 그 낯선 남자가 서 있었고, 그 때문에 주지영은 배달을 받을 수가 없었으며, 배달부는 그냥 돌아가곤 했다.

그런데 생각해 보면 배달 업체 입장에서는 음식값을 날리는 꼴이다.

한두 번도 아니고 몇 번이나 그랬으니 여관 주인에게 이야기해서 열쇠로 문을 따고 들어온다고 해도 이상할 게 전혀 없다.

"우리는 대화하고 싶은 것뿐입니다. 그걸 받아들이는 건 그쪽의 선택이고요."

"……."

"나머지 세 분은 협상이 끝났습니다. 이제 남은 건 주지영 씨뿐입니다."

주지영은 심각하게 떨기 시작했다.

죽기는 싫었다.

하지만 평생 영원히 도망치며 사는 것도 싫었다.

사과를 하고, 사건을 없는 것으로 만들고 싶었다.

"뭐, 뭘 원하지요?"

"당신에게 그걸 시킨 사람에 대한 고발요."

"고발?"

"그 변호사가 시킨 거 아닌가요? 그 사람에 대한 진술을 해 주는 겁니다. 그것도 기자회견으로요."

"그, 그러면 우리는……."

"그 후에는 조용히 집으로 가시면 됩니다. 우리가 당신들이 받은 돈을 달라고 할 이유도 없고 당신들을 고발할 이유도 없으니까."

상대방의 말에 주지영의 목소리가 격하게 떨렸다.

"지, 진짜예요?"

"우리가 언제 주지영 씨에게 해를 끼친 적이 있던가요?"

"그건……."

생각해 보면 주지영에게 해를 끼친 적은 없다.

그녀는 그저 킬러가 들어왔다는 소식을 들은 것뿐이고, 습격당한 것도 그녀가 아니라 변호사였다.

"미다스를 화나게 한 건 주지영 씨나 다른 여성분들이 아닙니다. 변호사들이지요. 그 변호사들이 왜 그런 짓을 했는지 모르지만, 보복 대상은 그들이지 당신들이 아닙니다."

"……."

"하지만 주지영 씨가 계속 변호사를 보호하겠다면 우리도 방법이 없습니다."

주지영은 벌떡 일어났다.

적이 변호사라면 그녀는 상관없다.

살 수만 있다면 기꺼이 기자회견을 할 생각이었다.

"진짜인가요? 진짜로 우리가 적이 아닌 건가요?"

"애초에 우리가 이 문을 열지 못할 리가 없지 않습니까?"

"그건……."

방법은 많았다.

하지만 그저 조용히 기다려 줬다.

"기자회견만 하면 되나요?"

"네. 그러면 그 돈에 대해서도 우리가 터치하지 않겠습니다."

주지영은 조심스럽게 문을 열었다.

지금이 살 수 있는 유일한 기회라는 것을, 그녀는 직감적으로 알 수 있었다.

⚖

얼마 후 그녀들은 모여서 기자회견을 했다.

현행법상 그녀들을 처벌할 방법은 없다.

물론 허위 신고는 공무집행방해죄 정도는 될 수 있다.

하지만 현실적으로 적극적 방해가 아닌지라 강한 처벌의 대상이 될 수 없다.

그런데 문제는 생각지도 못한 부분에서 터져 나왔다.

경찰에서 공무집행방해죄로 고발하겠다고 하는 그 순간, 주지영이 한 이야기가 그 말을 쏙 들어가게 만든 것이다.

"그게 무슨 말인가요, 증거를 심으러 온 사람이 증거를 가지러 온 사람이라는 게?"

"제가 변호사에게 부탁을 받고 응하기로 한 후에, 혹시 몰라서 그 당시 영상을 확인해 봤어요."

"영상을 확인해 봤다?"

"집에 증거를 심을 때 제가 함께 있었던 것은 아니에요. 비밀번호만 넘겨줬거든요. 그런데 나중에 영상을 확인해 보니, 증거를 심으러 오신 분이 저희 집을 조사하러 오셨던 분이었어요."

"그 말이 확실한 겁니까?"

"확실해요. 혹시 몰라서 그 당시 영상을 따로 확보해 놨으니까."

그 말에 기자들은 크게 술렁거렸다.

나중에 조사하러 왔다는 건 증거를 심은 사람이 경찰이라는 걸 의미하기 때문이다.

"그런데 지금까지 이야기하지 않았던 이유가 뭐지요?"

"그게…… 변호사가 돈을 줬기 때문에 우리도 같은 죄로 처벌받을까 봐……."

"그러면 그 영상은 어디에 있나요?"

"그 영상은 이 핸드폰 안에 있어요. 원하신다면 틀어 드릴게요."

설마 그녀들이 따로 CCTV를 확인할 줄 몰랐던 경찰들은 직접 증거를 심었던 것이다.

"하긴, 편하기는 하겠네요."

무태식은 비웃듯이 말했다.

직접 심은 증거이니 당연히 쉽게 찾았을 것이다.

그런 걸 찾는 게 국과수에서 하는 일이니까.

그런데 국과수에서 증거를 심었다는 것은 이만저만 심각한 문제가 아니다.

국과수의 핵심은 바로 사건에서의 중립성이다.

국과수는 오로지 과학적인 근거에 입각하여 사건을 바라보고 중립적인 입장에서 증거를 조사해야 한다.

그런데 이번에 국과수에서 나서서 증거를 심었다는 것은, 다른 사건에서도 그러지 말라는 법은 없었다는 소리가 된다.

"이거 생각보다 심각해지는데?"

국과수의 부패.

이건 검사나 경찰의 부패보다 심각하다.

기존의 질서를 모조리 부정하는 꼴이 되기 때문이다.

"사법 시스템이 무너지게 생겼구먼."

당연히 지금 형사사건을 진행 중인 모든 변호사들이 이걸 물어뜯기 시작할 것이다.

이쯤 되니 언론에 보도되지 않을 수가 없는 상황이 되었고, 결국 노형진은 풀려 나올 수밖에 없게 되었다.

"상황이 아주 재미있게 돌아가네요."

무태식은 피식 웃었다.

⚖

"세상이 공정하려면 공포가 있어야 하지요."

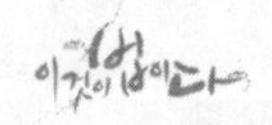

사건 자체가 사라졌으니 노형진이 풀려나는 것은 당연한 일이었다.

그런데 정작 그렇게 난리가 났는데도, 노형진이 나오는 날 구치소에 취재하러 온 기자는 한 명도 없었다.

사방에서 어떻게 해서든 사건을 덮기 위해 사력을 다하고 있었기 때문이다.

"공포요?"

"네. 한국에는 그게 부족합니다."

노형진은 구치소 밖으로 나와서는 두 손을 하늘로 번쩍 들었다.

"프리!"

"뭐 하십니까?"

"아, 그냥…… 영화의 한 장면 같잖아요. 한번 해 보고 싶었습니다. 비만 오면 딱인데."

노형진은 피식 웃으면서 손을 내밀었다.

"두부 없나요?"

"그냥 저 앞에 두부 전문점 가시지요. 그나저나 공포라는 게 없다는 게 무슨 말입니까?"

"한국이 발전하면서 사라진 거지요."

"사라졌다고요?"

"네. 한국이 민주주의국가가 되면서 도리어 안 좋아진 것 중 하나예요."

과거에는 잘못된 게 있다면, 그리고 그로 인해 자신이 피해를 입었다면 그걸 제대로 되돌리기 위해 노력하고 싸웠다.

"하지만 한국에서는 어느 순간 보복이 사라졌습니다. 법으로 안되면 포기하고 그냥 정신 승리를 하지요."

노형진은 차에 올라타면서 말했다.

"뭐랄까, 한국에서는 분노하는 법이 사라졌습니다."

"분노하는 법이라……."

"프랑스에서 어떤 레지스탕스 출신인 분이 낸 책이 있습니다. 제목이 '분노하라'였을 거예요, 아마."

"분노하라?"

"네. 한국 사람들은 화를 내거나 분노하면 무식하고 또 미개하다고 생각하지요. 하지만 제가 볼 때 그건 미개한 게 아닙니다. 정당한 거지요."

법을 만드는 사람들과 법을 지배하는 사람들을 상전으로 두고, 그들과 싸우기 위해 법적인 방법만 생각한다.

당연히 게임이 될 리가 없으니 결국 포기해 버린다.

"분노라는 것은 잘못된 걸 잘못되었다고 말할 수 있고 그걸 고치는 힘이기도 합니다. 개혁 정신이라고 볼 수도 있지요. 하지만 한국에서는 그걸 미개하다고 하지요. 딱 어디 같지 않습니까?"

"어디요?"

"일본요."

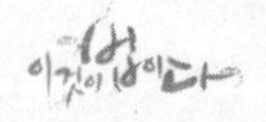

"아……."

일본은 개인이 조직에 반하는 의견을 내거나 시위하면 미개하다고 몰아붙인다.

한국 사회도 어느새 점점 그렇게 변해 가고 있었다.

"그러다 보니 조직이 이렇게 부패한다고 해도 바뀌는 게 없는 거지요."

다른 조직도 아닌 경찰 조직, 심지어 국과수조차도 돈을 받고 자발적으로 증거를 심었다.

이건 분노해야 하는 일이다.

당장 청와대에 가서 경찰을 개혁하라고 난리를 쳐야 하는 상황이다.

"하지만 의외로 사회에서는 조용하네요."

여자들의 기자회견은 단신으로 처리되었고, 관련자들에 대해 조사한다고만 짧게 언급되었다.

인터넷에는 분노하는 사람이 여럿 있었지만, 그들조차 그저 키보드 워리어 수준으로 취급받고 있다.

"인터넷에서 떠드는 거야 쉽지요. 그러나 그걸 보고 뭔가를 고치려고 하는 사람은 없습니다. 강제력이 없거든요. 결국 행동하지 않는 분노는 아무 힘도 없는 겁니다. 그러니 제가 대신 분노해야지요."

노형진은 싱긋 웃었다.

노형진은 국민들이 행동에 나섰을 때 어떤 일이 벌어지는

지 두 눈으로 똑똑하게 본 사람이다.

그렇게 은폐하고 감추고 국민들을 때려잡던 자들이, 국민들이 촛불을 들고 나가자 결국 얼굴을 바꾸고 대통령 탄핵에 앞장섰다.

그렇기에 노형진은 행동을 하는 사람들을 지지하고 응원한다.

"이 끝은 뻔할 겁니다. 꼬리 자르기지요."

아마도 일부 부패한 사람들이 저지른 일로 처리될 것이다. 그리고 그 총책임자는 법원장 선에서 커트될 것이다.

"하지만 제가 나서면 이야기는 달라지지요."

노형진은 미소 지으며 말했다.

경찰도 검찰도 법관도 심지어 과학수사대까지 연관된 사건이다 보니, 정부에서는 어떻게든 덮으려고 난리가 났다.

그러나 그사이에도 계속 이어지는 마이스터의 보복은 경제에 심각한 문제였다.

"무죄로 드러났으니 이번 투자를 재개해 주심이 어떨지요?"

노형진을 찾아온 기재부 차관은 진땀을 흘리며 말했다.

"저희 경찰에서 잘못하기는 했지만……."

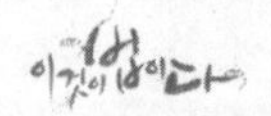

“잘못이야 아주 크게 했지요. 증거까지 심어 가면서 죄를 만들어 낼 줄은 몰랐습니다.”

“아니, 그건 오해가 빚어낸…….”

“사과문의 정석 모르세요?”

“네?”

“사과문을 작성할 때 절대로 들어가선 안 되는 말이 바로 '오해'입니다. 그리고 이걸 오해라고 생각할 만큼 제가 바보로 보입니까?”

만일 증거를 심지 않았다면, 하다못해 다른 놈이 심었다면 '오해'로 볼 수도 있었을 것이다.

하지만 하필이면 국과수의 사람이 증거를 심었다.

이건 오해로 퉁칠 수도 없다.

“그 사람은 해직당했고, 그 책임을 다하도록…….”

“네, 해직당했지요.”

노형진은 고개를 끄덕거렸다.

안다. 이런 일이 벌어지는 경우 그들에게 가해지는 처벌은 고작 해직이다.

고작 해직 하나만으로 모든 게 끝난다.

'뭐, 말로는 경찰에 고발한다고 하지만…….'

사건이 잠잠해지면 흐지부지 끝날 것도 안다.

그리고 그 뒤에 누가 있는지는 영영 드러나지 않을 것이다.

매번 그래 왔으니까.

'두한뿐만이 아니겠지.'

재벌가에 저항한 많은 사람들이 억울하게 쓰러져 왔다.

그러나 단 한 번도 그 건에 대해 제대로 조사하거나 파고든 적이 없다.

노형진도, 만일 미다스라는 백그라운드가 없었다면 철저하게 파멸했을 것이다.

'다행이야, 힘을 키워 놔서.'

노형진은 회귀한 후에 외압에 밀리지 않기 위해 힘을 키웠고, 그 힘은 제대로 작동하고 있었다.

아니, 도리어 정당하게 법이 작동하게끔 외압을 줄 수 있을 정도로 힘을 가지게 되었다.

지금처럼 말이다.

"이번 사건에 대해서, 저희는 보복을 멈추지 않을 겁니다."

"하지만 두한은 한국의 대기업입니다. 두한은……."

"누가 그래요, 두한으로 끝낼 거라고?"

"네?"

기재부 차관은 당황했다.

노형진이 두한과 사이가 좋지 않은 건 안다.

그런데 두한만이 대상이 아니라니?

"두한은 메인 디시입니다."

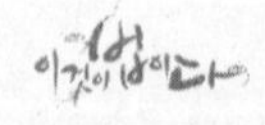

노형진은 차분하게 말했다.

"두한과 관련된 모든 기업들이 보복 대상입니다. 두한은 나중에 잘게 나눠 먹어야지요."

"……."

"기재부 차관이시니 아시지요, 새론이 어떻게 성화를 날려 먹었는지?"

"헉!"

차관의 눈에 두려움이 차오르기 시작했다.

성화의 몰락은 대한민국 경제계에서 단순한 피바람 수준이 아니었다.

그 무너지는 성화를 물고 뜯으면서 경제가 휘청거렸고, 어마어마한 실업자가 단기간 발생했으며, 재계 서열이 뒤바뀌었다.

성화급의 기업이 날아가는 건 흔한 일도 아닌 데다, 특히 성화가 있던 지역의 상권은 기업이 인수되고 정상 가동될 때까지 박살이 나는 바람에 지지 정당이 바뀌어 버리기까지 했다.

"제가 두한에는 그렇게 못할 것 같아요?"

"두한에서 했다는 증거도 없고……."

"없지요. 그래서 제가 두한에 보복한다는 증거 있습니까? 저는 투자를 대행하는 사람일 뿐입니다. 두한에 아무런 감정도 없어요. 그저 '투자'를 할 뿐입니다."

노형진의 확고한 말에 차관은 아무런 말도 못 했다.

"'투자'의 결과가 별로 안 좋아도 뭐, 저희는 별수 없지요. 미다스가 돈이 썩어 문드러져서 망해 가는 기업에 투자해서 살려 보시겠다는데 대리인인 제가 무슨 힘이 있어 말리겠습니까?"

노형진은 느긋하게 말하고 있었지만 차관의 입장에서는 사형선고나 마찬가지였다.

기본적으로 대기업은 그 자체의 고용 창출 효과는 미미하다. 대신에 그곳에 납품하는 기업들을 많이 가짐으로써 고용 창출 효과를 만들어 낸다.

그런데 이게 문제가 되는 게, 공장 하나가 멈추면 다른 공장도 멈추는 형태가 된다는 것이다.

대룡과 성화가 싸울 때 그런 식으로 성화에 타격을 줬고, 그 사건으로 인해 성화전자에 치명적인 타격이 가서 무너지는 직접적인 원인이 되었다.

물론 대체재를 찾으려면 찾을 수 있지만, 그사이에 다른 기업을 공격하는 건 어렵지 않다.

그걸 막으려면 그 공격이 진행될 때마다 본사 차원에서 지원금이 어마어마하게 들어가야 한다.

설사 대체 기업을 찾는다고 해도 그 대체 기업에 다시 공격이 들어갈 건 뻔하다.

당연히 거기도 망할 수밖에 없고 그러면 두한은 다시 다른 기업을 찾아야 하는데, 사람들이 바보도 아니고 그 꼴을 보고서도 두한과 일하려고 할까? 망하게 될 게 뻔한데?

결국 막대한 자본을 들여서 계열사로 구입해야 하는데, 그게 과연 가능할까?

'그렇지만 두한 같은 놈들이 그걸 받아들일 리가 없지.'

어떻게든 돈을 줄이려고 하청을 주는 건데 그 하청을 살리기 위해 자기 돈을 준다?

그런 기업이었다면 애초에 노형진이 공격하지도 않았다.

"나는 투자를 할 뿐이니까, 그 부분에 대해 불만이 있으면 언제든 말하시면 됩니다."

노형진의 말에 차관의 입술은 바짝바짝 말랐다.

한장진 변호사는 얼굴이 핼쑥해졌다.

인생의 파멸이 코앞으로 다가왔다.

"이번에 변호사 자격을 박탈하기로 했네."

"하, 하지만 회장님……."

어지간하면 한국에서는 변호사의 자격이 박탈되지 않는다.

심지어 변호사가 의뢰인을 속이고 돈을 빼돌리거나 의뢰인을 강간해도 변호사 자격은 박탈되지 않는다.

그도 그럴 것이, 그걸 관리하는 각 지역의 변호사협회는 강한 인맥으로 똘똘 뭉쳐 있기 때문이다.

하지만 그건 어디까지나 자기들에게 이득이 될 때의 이야기였다.

"회, 회장님! 그게 무슨 말씀이십니까? 협회에 무슨 일이 있는 겁니까?"

"아니, 나는 그게 말이지……."

"회장님, 제가 잘못했습니다. 하, 한 번만…… 제발 한 번만 봐주십시오, 회장님."

한장진은 무릎을 꿇고 회장에게 빌었다.

그럴 수밖에 없다.

그는 변호사가 되기 위해 평생을 바쳤다.

누군가는 국가 3대 고시를 취미 삼아 통과할지도 모르지만, 그는 변호사가 되는 데 평생을 바쳤다.

그런데 변호사 자격이 박탈당하면?

먹고살 방법이 없어진다.

회사에 취직하자니 그의 나이가 오십이다.

사회 경험이라고는 쥐뿔도 없는데 어떤 회사에서 써 주겠나?

더군다나 그는 이제 변호사도 아니게 된다.

그러면 문제가 뭐냐면, 그 기록을 보고 써 줄 사람도 없다는 것이다.

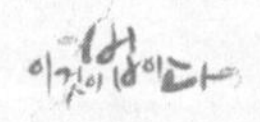

변호사 자격을 박탈당했다는 것은 무척이나 심각한 범죄를 저질렀다는 걸 의미하니 범죄자를 고용해 줄 사람은 없다.

당연히 그는 이혼을 당하게 될 게 뻔하다.

지금까지 그가 벌어 온 돈으로 편하게 생활하던 아내가, 자신이 망했다고 같이 고생하면서 다시 일어서자고 할 것 같지는 않았다.

"제, 제발 부탁드립니다, 회장님. 다시는 그러지 않겠습니다. 한 번만…… 제발 한 번만……."

"미안하네. 자네가 살면 내가 죽어."

"네?"

"미다스에서 전화가 왔네. 자네와 관련자 전원을 처분하지 않으면……."

말하지 않아도 알 것 같았다.

변호사 생활을 하면서 그들이 깨끗하게 살지는 않았다.

그럴 수가 없었다.

특히나 더 높은 곳에 가려고 하면 더더욱 말이다.

한국에 국회의원 선거와 대통령 선거만 있는 게 아니다. 이러한 변호사협회 선거에도 적지 않은 돈이 들어간다.

물론 그렇게 회장이 되면 더 많은 돈이 들어온다.

당연히 그 과정에서 적지 않은 돈이 왔다 갔다 한다.

"그건 협박입니다!"

"그래, 그건 협박이지. 그래서 내가 이러는 거야. 자네라면 저항할 수 있겠나?"

"……."

저항은 불가능하다.

협박으로 고소하면 처벌할 수는 있을 것이다.

하지만 처벌만 할 수 있을 것이다.

그건 누구보다 자신들이 잘 안다. 변호사니까.

대한민국은 절대 피해자를 보호하지 않는다.

한국의 법은 가해자를 보호하기 위해 존재하지, 피해자를 위해 존재하는 것이 아니다.

그런데 지금까지 가해자였던 대부분의 권력자들이나 변호사들이 피해자가 된다면, 그것도 더 강한 힘에 의해 피해자가 된다면 과연 법이 그들을 보호해 줄까?

"더군다나 전화해 온 곳은 미국이야."

그러면 민사를 건다고 하면 재판을 미국에 가서 해야 한다는 것이다.

물론 한국에서 할 수도 있겠지만 그게 문제다.

노형진이 바보도 아니고, 대놓고 보복하지는 않는다.

"범죄 조작에 관련된 사람이 변호사로서 자격을 가지고 사건을 해결하는 것은 좋지 않다는 단순 의견이었네."

단순 의견.

하지만 그 의견을 준 사람이 노형진이라면 상황이 좀 달라진다.

"미안하네. 징계는 계획대로 진행될 거야."

"아, 안 됩니다! 제발 안 됩니다! 제발…… 회장님! 회장님! 회장님!"

다급하게 회장에게 매달리는 한장진.

그러나 회장은 가차 없이 인터폰을 눌렀다.

"내보네."

"제발! 한 번만 봐주십시오, 회장님!"

한장진은 질질 끌려 나갔다.

그런 한장진을 보며 회장은 눈을 질끈 감았다.

그리고 굳게 닫히는 문 너머에서 들려오는 비명을 듣지 않기 위해 귀를 막았다.

⚖

"예상대로라고 해야 하나?"

노형진은 마치 낙엽처럼 우수수 떨어지는 사람들을 보고 피식 웃었다.

일이 틀어지면 가장 먼저 벌어지는 일은 바로 꼬리 자르기다.

당연하게도 그렇게 꼬리가 되어 잘린 사람들은 인생이 파탄 난다.

"불쌍하십니까?"

무태식은 노형진이 서류를 보다가 내려놓자 고개를 갸웃하면서 물었다.

예상하지 못한 것도 아닌데 관련자들의 현재 상태를 조사해 오라고 했으니까.

"불쌍하냐고요? 아니요. 전혀 불쌍하지 않습니다. 제 인생을 말아 잡수려고 노력하셨던 분들입니다. 자기 함정에 자기가 빠져서 자기 인생을 말아 잡수신 건데 불쌍할 리가 있나요?"

아마도 그들은 노형진이 어떤 사람인지 잘 몰랐을 것이다.

미다스와 마이스터의 아시아 대리인이라지만 그건 일반적인 사람들이 알 수 있는 사실은 아닐 테니까.

그들에게 있어서 두한은 대기업이고 두려움의 대상이니, 적당한 대가를 받고 사건을 조작하는 건 어려운 일이 아니었을 것이다.

"더군다나 하는 행동을 보면 답이 나오지요. 이번이 처음도 아닐 겁니다. 안 그런가요?"

"그건 그렇습니다."

무태식은 고개를 끄덕거렸다.

아무리 두한이 일을 추진했다고 하지만 이번 일은 너무 매끄럽게 진행되었다.

그 말은 이런 일을 여러 번 해 봤다는 것이다.

"그런 사건을 재조사하면 아마 그들 인생은 끝장나겠지요."

"그걸로 끝내실 겁니까?"

"끝나지는 않을 겁니다."

두한을 몰락시키기로 결심한 이상 더 이상 물러날 생각은 없다.

이번 건의 경우는 솔직히 예상하지 못하고 있다가 한 방 맞은 것이 사실이기는 하지만, 그렇다고 해서 못 이겨 낼 것은 아니었다.

"보복은 계속될 겁니다. 물론 두한에 대한 보복도 마찬가지로요. 그러기 위해서는……."

노형진은 잠깐 고민하다가 씩 웃었다.

"그 팽당한 사람들에게 접촉해야겠군요."

노형진의 말에 무태식은 고개를 끄덕거렸다.

"역시 그들을 설득해서 진실을 말하게 할 생각이시군요."

"네? 아닌데요."

노형진이 부정하자 무태식은 당황했다.

"네? 아니라고요? 지금까지는 그래 오셨잖습니까?"

"그랬지요. 그래서 아니라는 겁니다."

"네?"

"정형화되면 상대방도 예상하기 마련이거든요."

팽당한 사람들을 설득해서 진실을 알아내고 상대방을 핀

치로 모는 것이 노형진의 주특기다.

그런데 그런 게 아니라니?

"그들은 보통 때와는 상황이 좀 다릅니다."

일반적으로 그렇게 이용당하다가 버려지는 사람들은 대부분 직원이거나 상대방이 절대적 강자라서 저항할 방법이 없었던 이들이다.

애초에 저항할 방법이 없었기에, 노형진은 그들에게 기회를 주는 개념으로 접근해서 설득했던 것이다.

"하지만 이들은 전혀 다르지요. 이들은 강제로 압력을 받을 상황이 아닙니다."

부하 직원도, 그렇다고 계열사 직원도 아니다.

공무원으로, 국가에서 그 신분을 보호하는 자들이다.

그런데 그들은 돈 때문에 그 모든 걸 버리고 부자에게 고개를 숙였다.

"그러니 놔둘 생각은 없습니다."

문득 노형진이 씨익 웃음을 머금었다.

"그들과 접촉할 겁니다. 그것도 아주 당당하게요. 두한도 그걸 예상하고 있을 테니까요, 후후후."

⚖

"뭐라고?"

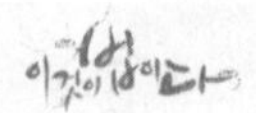

이상주는 부하에게서 온 정보에 기겁했다.

"그게 무슨 소리야? 해직당한 놈들에게 노형진이 접근한다고?"

"그렇습니다. 아무래도 그들을 포섭해서 다시 뒤통수를 치려고 하는 것 같습니다."

"이런 개 같은……."

이상주는 그제야 노형진의 주특기가 그쪽이라는 것이 생각났다.

버려진 사람은 억울하기 마련이다.

접근해서 적당한 대가를 지불한다고 하면, 대부분은 보복을 위해서라도 노형진에게 넘어갈 것이다.

더군다나 버려진 상황에서 노형진이 보호를 약속하기 때문에 배신에 거리낌도 없다.

"그놈들이 그 후에 뭐 하고 있는지 확인했어?"

"노형진이 사람을 보내서 만나긴 했습니다만, 그것 말고 딱히 뭔가를 하고 있지는 않습니다."

물론 노형진이 사람을 보내는 것은 그들을 포섭하기 위함이 아니다.

도리어 반대다.

보복을 당하기 싫으면 무조건 진실을 밝히라는 협박 아닌 협박을 하기 위해서다.

그러나 그동안 노형진이 어떻게 행동해 왔는지 잘 알고 있는 이상주였기 때문에 그 이후에 무슨 일이 벌어질지 너무 당연하게 생각할 수밖에 없었다.

"그 미친놈이 협상해서 두한에 대해 말하라고 하겠지."

그렇잖아도 하청 회사에 들어가는 돈 때문에 두한은 미칠 것 같았다.

두한의 숨통을 하나씩 조이는 미다스와 마이스터.

그냥 버려도 상관없는 하청 회사는 버리면 그만이지만, 노형진 쪽은 그런 곳은 절대 손대지 않았다.

꼭 필수적인 곳만을 공격했고, 그곳을 방어하기 위해 돈이 들어가다 보니 아무래도 부족한 돈이 더더욱 부족해지는 현상이 벌어지고 있었다.

'이 상황에서 우리가 사건을 사주한 게 드러나면…….'

노형진만의 문제가 아니다.

자신들이 사건을 처리할 때마다 그들의 도움을 제법 받았다. 그런데 그들이 모조리 노형진에게 넘어간다면…….

'그럴 수는 없어.'

그의 인생은 끝이다.

그 건수 중에는 위험한 사건들도 제법 있기 때문이다.

"그놈들을 처리해."

"네?"

순간 비서는 이상주의 말을 이해하지 못한 표정이 되었다.

그러나 이상주는 더 이상 아무 말 하지 않았다.

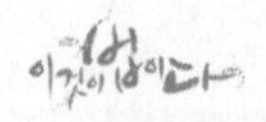

그게 의미하는 걸 알아차린 비서는 침을 꿀꺽 삼켰다.

"저는 무슨 말씀을 하시는지 잘 모르겠습니다."

"그래? 그러면 된 거네. 내가 실수한 것 같군."

물론 실수는 아니다.

이야기는 간단하다.

그들은 죽어야 하고, 그들이 죽지 않으면 비서가 죽는다.

만일 그들을 처리하다가 수가 틀어지면 그 모든 책임은 비서가 지는 거다.

회장은 모르는 거고, 그가 과한 충성심으로 섣불리 일을 저지른 것이다.

"더 이상 할 말은 없으니 알겠네."

"네, 회장님."

비서는 고개를 숙이고 바깥으로 나갔다.

사무실에 홀로 남은 이상주는 이를 빠드득 갈았다.

"노형진, 이 비참함은 언젠가 그대로 돌려주마."

⚖

"실종요?"

"그래. 관련자들이 실종되었다고 하더군. 정부에서는 처벌을 피해서 도주한 거라고 생각한다고 하더군."

노형진은 김성식의 말에 코웃음을 쳤다.

"그 말을 믿으십니까?"

"그럴 리가 없지."

김성식은 고개를 흔들었다.

한두 명도 아닌데 모조리 사라진다는 건 말이 안 된다.

더군다나 그들에게도 가족이 있다.

그런데 모두 다 한꺼번에 가족까지 버리고 잠수를 탄다? 그건 현실적으로 말이 안 된다.

"하지만 공식적인 입장은 그거네."

"처벌만 면하겠다 이거군요."

"그럴 걸세."

노형진의 말에 한심스러운 듯한 표정이 되는 김성식.

"자네는 후회하지 않나?"

"뭘 말입니까?"

"그들의 죽음 말일세. 사실상 그들을 죽음으로 내몬 건 우리 아닌가?"

사실 노형진이 그들과 접촉하려고 하지 않았다면 그들은 살 수 있었을지도 모른다.

하지만 노형진이 그런 행동을 취함으로써 미리 겁먹은 두한이 그들을 처리한 것이다.

"후회라……."

노형진은 잠깐 고민하다가 도리어 김성식에게 반문했다.

"김 변호사님은 그들이 얼마나 살 수 있었을 거라고 생각하십니까? 이번에 제가 접촉하려 하지 않았다면요?"

"음……."

"저는 바보가 아닙니다. 세상은 우리가 아는 것보다 훨씬 비참하지요, 때로는 모르는 게 약일 만큼."

김성식은 길게 한숨을 내쉬었다.

"길어야 2년이겠지."

지금 당장이야 조용히 넘어갈지 몰라도 기업은, 특히나 부패한 기업은 기업의 비밀을 많이 아는 사람을 무척이나 꺼린다.

하물며 내부의 자기 사람이라고 해도 꺼리는 게 기업인데 그 비밀을 아는 외부자라면?

"그들이 그 자리에서 계속 일을 받을 수 있다면 모를까……."

그들은 파멸했고 이제 재기 불능이 되었으며 남은 것은 법의 준엄한 처벌뿐이다.

"아마도 그런 자들을 살려 두면서 위험부담을 감수하려고 하지 않겠지. 두한의 성향을 생각하면 말이지."

"역시 그렇군요."

"그래도 중수부장 출신 아닌가?"

다른 사람들이 모르는 재벌의 많은 모습을 봤다.

그중에는 수많은 실종 사건들도 있었다.

그리고 그 수많은 실종 사건들 중 특히 남자 실종 사건은 거의 수사가 진행되지 않는다.

"이번 사건도 청소의 가능성이 높지만……."

"단순 도주로 처리되겠지요."

가족이고 재산이고 모두 버리고 도망갔다고 말이다.

"그걸 왜 제가 가슴 아파해야 하나요? 그들은 저를 죽이려고 했습니다. 엄밀하게 말하면 전 방어한 것뿐입니다."

"그건 그렇지."

김성식은 인정할 수밖에 없었다.

싸움을 건 건 그들이고, 실패한 이상 그들의 생명은 얼마 남지 않았으리라는 것을 말이다.

"켕기는 건 제가 아니라 그 일을 실행한 사람이어야겠지요."

물론 그게 누구일지 추측하는 것은 어려운 일이 아니다.

"결국 서로 돌아갈 수 없는 강을 건넌 것 같군."

"이미 그 강은 흐르고 있습니다."

노형진은 그렇게 말하면서 씁쓸한 미소를 지었다.

"그들과 저 사이에는 레테가 흐르고 있으니까요."

자신을 그 너머로 보냈던 일을 생각하면서 노형진은 차갑게 말했다.

사랑이라는 가면

세상이 발달하면서 많은 것이 바뀌었다.

대부분은 인간에게 좋고 편하게 바뀌었다. 하지만 모든 것이 다 좋은 것은 아니다.

"제 인생은 이제 끝났어요, 흑흑흑."

고연미는 자신에게 기대어 우는 여자를 안쓰러운 듯 바라보았다.

"그걸 삭제할 수는 있을 겁니다. 그러니 걱정하지 마세요."

"하지만 그러기에는 돈이 너무 많이 들어요. 이미 확인해 봤어요. 무려 3천만 원을 달래요. 그것도 한 달 동안요. 제가 어떻게 그 돈을 내요?"

"그 돈을 당신이 낼 필요는 없어요."

"하지만 그 개새끼가 배 째라고 나오고 있어요. 지금 이 순간에도 무섭게 퍼져 나가고 있을 텐데, 흑흑……."

"걱정하지 말아요. 우리가 해결해 줄게요."

고연미는 그녀를 다독거리다가 입술을 깨물었다.

이건 자신이 해결할 수 없다는 생각이 머리를 스치고 지나갔다.

물론 하려고 한다면 할 수는 있다.

하지만 이 사건은 시간이 관건이다.

그런데 그 시간을 구할 수 있는 방법은 하나뿐이었다.

"제가 이런 걸 해결할 수 있는 사람에게 이야기해서 무조건 해결하게 해 줄게요. 걱정하지 마세요. 제가 무조건 구해 줄게요, 무조건."

고연미는 분노를 속으로 삼키며 이를 빠드득 갈았다.

⚖

"이 새끼, 죽여 버릴 수 있어요?"

"고 변호사님, 아니, 갑자기 그러시면 어쩝니까? 제가 무슨 킬러도 아니고."

"아니, 진짜 킬러라도 고용하고 싶다고요. 남궁한수 이놈, 진짜 죽여 버릴 수 없어요?"

"남궁한수?"

"네. 이 미친 새끼가 사람 인생을 시궁창으로 처박았어요!"

"그놈이 누군데요?"

남궁한수라는 이름에 노형진은 고개를 갸웃했다.

자기 사건도 아닌데 범인의 이름을 알 수는 없기 때문이다.

"더군다나 상황을 보아하니 피해자 쪽 변론을 하시게 된 것 같은데, 아무래도 형사사건에서는 변호사가 할 수 있는 일이 한정되어 있어서요."

"이건 형사의 문제가 아니라 한 사람의 인생이 걸려 있는 문제예요!"

"그게 무슨 말이지요?"

"리벤지 포르노예요."

입술을 깨물며 말하는 고연미.

노형진은 잠깐 침묵을 지키다가 그녀에게 의자를 권했다.

"자세하게 들어 보지요. 현 상황이 어떻게 되어 갑니까?"

"남궁한수라는 놈이, 헤어진 후에 전 여자 친구와의 관계를 찍은 영상을 인터넷에 올렸어요. 그것 때문에 제 의뢰인은 자살을 생각하고 있고요."

"리벤지 포르노란 말씀이지요."

리벤지 포르노. 속칭 몰래카메라.

물론 방송용으로 만들어지는, 간단한 속임수로 사람들을 웃기게 하거나 하는 그런 유가 아니다.

성관계 장면이나 기타 은밀한 장면을 몰래 찍어서 인터넷상에 뿌리는 명백한 범죄행위.

'아주 심각한 범죄행위지.'

그런데 그 가해자들은 그게 별거 아닌 것처럼 행동한다.

물론 당사자에게는 인생이 망가지는 일이다.

어떻게 보면 강간보다 훨씬 잔악한 행동이다.

강간은 당사자가 정신적 치료를 받고 어떻게 해서든 이겨낼 가능성이라도 있는 반면, 리벤지 포르노는 인터넷이라는 공간에서 무한대로 확대 재생산되기 때문이다.

지금 올라가 있는 것을 삭제한다고 해서 해결되는 것이 아니다.

영상이 누군가의 하드에 저장되어 있는 이상, 또다시 나올 수밖에 없다.

"그 가해자가 남궁한수인가 보군요."

"네, 성백의전원에 다니는……."

"네? 의전원요? 잠깐, 성백의전원이라고 하셨습니까?"

"네. 거기 아세요?"

"아, 그게, 들어 본 적은 있습니다만."

노형진은 대충 시기를 따져 보고는 눈을 찡그렸다.

'그때 그 사건이겠군.'

가해자의 이름은 가물가물하지만 사건 자체는 기억난다.

속칭 성백의전원 몰카 사건.

회귀 전, 그곳에 다니던 어떤 학생이 리벤지 포르노를 뿌렸고 피해자는 자살했다.

그런데 그 가해 학생은 제대로 처벌도 받지 않고 복학해서 의사가 되었다.

사실 그 사건은 그렇게 묻혀 버리는 듯했다.

하지만 나중에 피해자의 친구가 그 사실을 알고 여성 단체에 제보하면서 일이 커졌다.

사실 다른 분야의 의사가 되었다면 문제가 안 되었을 것이다. 응급의학과나 내과 같은 곳들 말이다.

그런데 그 미친 가해자가 선택한 건 다름 아닌 산부인과.

성범죄자가 산부인과 의사가 되었다는 사실에 사람들은 경악을 금치 못했다.

물론 그때까지도 사건이 그대로 묻힐 가능성은 있었다.

하지만 그 산부인과 의사의 실명이 까발려지면서 상황이 이상하게 돌아갔다.

의사가 된 가해자가, 자기 병원의 간호사들을 꼬셔서 성관계를 가지면서 몰래 포르노를 찍었던 것이다.

과거의 잘못은 조금도 반성하지 않고 말이다.

심지어 의학용으로 현장에만 보관하도록 되어 있는 환자의 진찰 영상까지 빼돌려서 보관하고 있었던 것이 드러나면서 한국이 발칵 뒤집어졌고, 엉뚱하게 남자 산부인과 의사들이 고통받는 현상이 벌어져 버렸다.

엉뚱하게 오해를 받은 의사들은 억울했겠지만 말이다.

'하지만 그게 문제가 아니지.'

노형진이 그런사건을 기억하는 이유 중 하나가, 처벌을 받고 나서도 그의 의사 면허가 살아 있었다는 점 때문이었다.

명백하게 성범죄를 저질렀는데 그의 의사 면허가 박탈되지 않아, 감옥에서 나온 가해자는 다시 산부인과를 차렸다.

물론 환자들은 자신을 진료하는 의사가 성범죄를 저지른 줄은 꿈에도 모르고 그 병원에 다녔고 말이다.

수년간 조용히 있던 그는 다른 간호사에게 똑같은 짓을 하다가 또 걸려서 또 감옥에 갔다.

'그리고 나와서 또 산부인과를 열었지.'

무한대의 병신 삽질에, 노형진은 그 사건을 기억하고 있었다.

법적으로 의사의 성범죄에 관하여 처벌할 수 있는 규정이 없기 때문에 그가 감옥에서 나온 후에 병원을 개업하는 데 전혀 문제가 되지 않았던 것이다.

다른 사람도 아닌 성범죄자가 말이다.

'언론에서 가해자 이름은 알려 주지 않았는데, 남궁한수라는 이름이었군.'

하지만 '성백의전원'은 확실하게 기억하고 있었다.

그 성백의전원에서 그 사건 이후에 사회적 질타를 엄청나게 받았기 때문이다.

그 사건 이후로 성백의전원은, 성범죄자는 무조건 퇴학 처리하는 규정을 만들었다.

'물론 이번에도 퇴학 처리를 하기는 했지만.'

하지만 가해자 가족들이 소송을 걸어서 취소시켜 버렸다.

멍청한 판사가 '성범죄자에게도 미래가 있다. 창창한 청년의 미래를 박살 낼 수는 없다.'라는 개소리를 지껄이면서 퇴학 처분을 취소해 버린 탓이다.

말 그대로 병신 같은 사회 시스템이 성범죄자를 키워 낸 것이다.

'그리고 그 과정에서 피해자만 죽었고.'

그나마 다른 간호사의 영상은 새어 나가기 전에 잡았다지만, 이 사건은 좀 다르다.

남궁한수가 자신과 헤어졌다는 이유로 그 영상을 인터넷에 뿌렸기 때문이다.

그리고 그걸 통제하지 못해서 결국 피해자는 자살한 것이다.

그 당시에는 피해자의 이름은 알지 못했지만 말이다.

"하영주 씨라고요?"

"네, 이번 사건의 피해자에요. 집안이 그다지 잘사는 것도 아니고요."

"일이 심각하군요."

그럴 수밖에 없는 게, 이런 일이 벌어지면 피해자는 모든 걸 잃게 되는 경우가 많다.

일반적으로 리벤지 포르노는 여자가 피해자라고 많이들 생각하지만 극소수 남자 피해자도 있다.

그런 경우는 더 문제가 되는데, 명백한 피해자임에도 불구하고 남자라는 이유로 피해자 본인이 뿌린 게 아니냐는 오해를 받아서 사회적으로 말살되기 때문이다.

그래서 이런 사건이 터지면 미래의 최소한의 정상적인 사회생활을 위해서는 성형수술, 그것도 상당한 수준의 성형수술을 같이 해 줘야 한다.

문제는 돈이 없어서 삭제를 진행하는 것도 힘든 판이라 미용성형은 꿈도 꾸지 못한다는 것이다.

성형수술은 기본적으로 비급여에 들어가니 당연히 그 비용은 어마어마해진다.

단순히 코 하나 올리는 데에도 400~500만 원쯤 드는 게 성형수술이다.

그런데 동영상이 돌기 시작한 이상 아예 알아볼 수 없는 수준으로 뜯어고쳐야 한다는 것이 문제다.

일단 눈에서부터 코도 고쳐야 하고, 광대뼈나 턱도 깎아야 한다.

말 그대로 대수술이 되는데, 그 비용이 못해도 3천만 원

이상 든다.

하다못해 몸에 있는 점 때문에 특정되는 수도 있기 때문에 몸에 있는 점도 빼야 한다.

그리고 현대에서는 그 모든 게 돈이다.

"그러니 돈이 어마어마하게 들지요. 그런데 그 남궁한수는 모른 척하고 있다고요?"

"더러우면 소송하라고, 합의는 없다고 버티고 있어요."

"개자식이네요."

"네, 아주 개자식이지요."

노형진은 길게 한숨을 쉬었다.

남궁한수가 노리는 게 뭔지 알 것 같았기 때문이다.

"요 근래에 들어서 더 빈정거리고 더 노골적으로 모욕하는 행동을 하지 않던가요?"

"이 사건에 대해 들으셨어요? 언론에 나가지 않게 최대한 노력했는데."

이런 사건은 언론에 나가면 여자가 손해다.

사회에 나온 후에도 계속 문제가 된다. 학교에서 같은 학과를 다녔던 CC, 즉 캠퍼스 커플이라는 점을 생각하면 특정하기가 너무나 쉽기 때문이다.

당연히 그녀가 나중에 뭘 하려고 할 때마다 이 사건이 꼬리를 잡을 수도 있다.

최악의 경우는 결혼에까지 영향을 줄 수 있다.

그래서 이런 리벤지 포르노 사건은 이슈화되지 않는 것이다.

다른 사건들과 다르게 시끄러울수록 피해자에게 불리해지는 사건이기 때문이다.

인터넷에 영상이 올라가 있는 이상 소문이 나면 호기심에라도 찾아보는 녀석이 생기기 마련이니, 끝도 없이 영상이 확대 재생산되는 상황이 되어 버린다.

"이 사건 자체는 모릅니다. 하지만 제가 봐서는, 저 미친 새끼는 피해 여성이 자살하기를 원하지 싶군요."

"자살요?"

"네. 어차피 이런 리벤지 포르노 사건은 처벌이 무척이나 약하거든요."

법적으로는 3년 이하의 징역, 500만 원 이하의 벌금으로 처벌하도록 규정되어 있다.

"하지만 고연미 변호사님도 아시죠, 한국은 벌금형이 붙어 있는 처벌의 경우 대부분 벌금으로 끝나는 성향이 강하다는 걸?"

"알지요. 그 이유가 고질적인 감옥 부족의 문제 때문이라는 것도요."

한국의 감옥은 넉넉한 편이 아니다.

언제나 포화 상태이고, 노형진이 회귀 이후에 적극적으로 범인을 잡기 위해 움직이기 시작하면서 그런 경향은 더더욱 심해졌다.

문제는 감옥은 혐오 시설 중에서도 최고 수위를 자랑하는 공간이라는 거다.

거기에다 그 시설을 만드는 데 들어가는 돈도 만만치 않고 충분한 공간을 확보하는 것도 쉽지 않는다는 것이 문제다.

그렇다 보니 지금은 어지간한 경우는 실형을 때리는 대신 벌금으로 처벌하는 경우가 많다.

"어떻게 생각하세요?"

고연미는 노형진에게 물었다.

과연 이게 제대로 재판에 들어가면 얼마나 나올 거냐는 질문이었다.

"아마도…… 벌금을 최대한 때려서 500만 원 정도 나올 겁니다."

"고작요?"

"고작이 아닙니다. 상황이 그래요."

의전원 학생, 즉 의사라는 미래가 확정된 상황.

그런 경우 판사들은 상당히 너그러워지는 경향이 있다.

일단 판사와 의사는 한국을 지배하는 일종의 지배자라는 동질감 아닌 동질감을 느끼기 때문이다.

'비록 미래의 의사라고 해도 말이지.'

그리고 노형진의 기억이 맞는다면 남궁한수의 집은 상당한 재산가다.

애초에 몇 번이나 그런 식으로 성범죄를 저지른 놈이 병원을 몇 번이고 다시 개원한다는 것 자체가 현실적으로 불가능한 일이다.

일반적인 경우라면 개원은커녕 월급 의사로라도 쓰지 않는 게 현실이니까.

'그래서 돈의 힘으로, 판결은 벌금 500만 원으로 끝났다.'

그리고 그 사건이 회귀 전 피해자인 하영주의 자살의 원인이 되었다.

당사자인 하영주가 죽고 나자 억울한 마음에 피해자의 유가족은 손해배상을 청구했지만, 그 배상금은 고작 5천만 원.

그들에게는 몇 푼 안 되는 돈이었다.

"아무래도 이 사건을 제가 해야겠군요."

"그래 주시겠어요?"

고연미는 노형진의 말에 얼굴이 환해졌다.

그렇잖아도 직접 하려고 했지만 상대방이 너무 답이 안 보였고 경찰도 비협조적이었다.

당장 영상을 삭제해야 하는데 그에 소요되는 비용을 구하는 것도 어렵고 말이다.

"단, 조건이 있습니다."

"조건?"

"의뢰비는 나중에 받더라도, 일단 영상 삭제 작업부터 시작하지요."

"하지만 그 비용이……."

"그 비용은 나중에 받을 배상금과 별개로 제가 따로 받도록 하겠습니다. 이런 리벤지 포르노는 가능하면 빠르게 삭제하는 것이 중요하니까요."

"감사합니다."

고연미는 밝게 미소 지었다.

"감사할 건 없습니다. 차라리 이참에 우리가 그쪽을 확실하게 홍보하는 게 좋겠네요."

일단 삭제비는 새론에서 내주고, 나중에 그 비용을 받아내면 되는 것이다.

어차피 가해자에게 받아 내면 되는 것이기에 심적인 미안함은 없다.

"네, 바로 이야기할게요."

"그리고 가능하면 성형외과 쪽도 알아봐 두세요. 피해를 최대한 줄여야 하니까요."

노형진은 이를 드러내면서 말했다.

"죽을 놈이 죽어야지, 멀쩡한 사람이 죽어서야 되겠습니까?"

⚖

노형진은 일단 학교로 찾아갔다.

학교에서도 남궁한수 때문에 질린 듯했다.

"이미 퇴학 처리했습니다만."

"하지만 그 건에 대해 반소를 한 걸로 알고 있는데요?"

"그건 그렇지요."

의전원의 송서희 교수는 머리를 절레절레 흔들었다.

"뻔뻔하다 못해서 후안무치한 놈입니다."

"이런 걸 학교에서 막을 수는 없었습니까?"

"이런 말 하면 그렇지만, 의전원에 들어오는 학생의 연애 문제에 대해서까지 학교에서 터치할 수는 없습니다. 미성년자도 아니고 다들 성인인 데다가, 여기가 사관학교도 아니니까요."

"그건 그렇습니다만 그래도……."

송서희 교수는 짜증스럽게 말했다.

"그리고 아시겠지만, 제가 의전원의 교수를 하고 있지만 목적 자체가 불분명해져 버렸어요."

의전원, 그러니까 의학전문대학원이 생긴 이유는 더 많은 의사들을 확보함으로써 국민들에게 더 많은 의료 혜택을 주기 위해서다.

그런데 현실은 정반대다.

의전원은 일반 의대보다 훨씬 비싸다.

대략 두 배쯤 학비가 더 든다.

그 말은, 돈이 있는 사람이 아니면 의전원에서 버틸 수가 없다는 것을 의미한다.

실제로 상당수 의전원들이 부자들의 자녀들만 바글바글한 성향을 보인다.

"변호사님도 아시지요, 사실 의전원 자체가 어떤 목적으로 만들어졌는지? 로스쿨도 있으니까."

"알지요."

노형진은 긴 한숨을 쉬면서 그녀를 바라보았다.

왠지 그녀 역시 자신과 같은 부류인 것 같다는 느낌이 들었으니까.

"이 망할 서류쟁이 새끼들이 사람 목숨을 개털로 알아요."

원래 의대는 6년이다.

일단 2년 동안 의예과에서 의과 대학 교과과정에 필요한 예비지식을 배우고 이후 4년 동안 의학 전반에 대해 배운다.

그리고 국가고시를 쳐서 합격하면 일반 의사 면허증이 나온다.

그 후에 전문의 과정으로 들어가서 1년간 인턴을 하고 그 후에 4년간 레지던트가 되어서 심층적인 치료 방법을 배운다.

"그 6년도 시간이 부족해서 애들이 공부하다가 도망가는데, 그걸 4년에 다 배우라니요."

더군다나 의대 6년은 한창 공부를 잘하는 시점을 기준으로 한다.

그러니까 고등학교를 졸업한 이후부터 6년을 다시 공부만 하는 거다.

하지만 의전원은 다르다.

일반 대학을 4년 다닌 후에 의학전문대학원에서 4년간 배우는 것이다.

6년간 배워도 죽어 나가는 걸 4년 만에 배워야 하는데, 그나마도 군대에 갈 거 다 갔다 오고 나이도 나이대로 먹은 사람들이 배우다 보니 배움의 속도도 느리다.

사람의 목숨을 걸고 싸워야 하는 자들에게는 위험한 행동이다.

"그래서 정부에 의해 어쩔 수 없이 의대를 포기하고 의전원으로 바꿨던 대학들도 다시 의대로 돌아가고 있는 거고요."

교육 기간은 3분의 1이 줄었는데 공부하는 능력은 더 떨어진 상태의 학생들이 대다수이니 당연히 실력이 떨어질 수밖에 없다.

"말로는 다른 데서 배워 온 뭔가를 의료와 결합시켜서 뭘 해 보라는데 그게 뭔 개소리인지. 지들이 뭐라고 하는지도 모르는 새끼들이 정책이라고 짜고 앉아 있으니."

노형진은 씁쓸한 미소를 지었다.

로스쿨 역시 같은 목적으로 바뀐 제도니까.

그나마 로스쿨은 이해라도 간다.

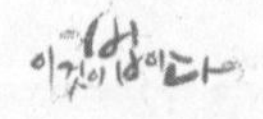

법이라는 것은 사회 전반에 연관된 일이고, 그걸 이해하지 못하면 변론을 못하는 경우도 분명 존재한다.

하지만 의학은 아니다.

의학은 오로지 사람의 목숨에 관련된 일인데 거기에 철학이니 신학이니 기계공학이니 하는 게 개입될 이유는 전혀 없다.

사람 생명에 신학이 개입되어 봐야 좋은 꼴 못 보고, 기계공학이 개입되어 봐야 사람은 기계가 아니며, 사후 세계에 대한 철학론을 외워 봐야 가족을 잃은 유가족들에게는 그냥 개소리일 뿐이다.

의학은 오로지 수술실에서 사람의 목숨 하나를 붙잡고 싸우는 일이어야 한다.

"의외로 교수님은 의전원에 대해 부정적이시네요?"

"맞습니다. 요즘 의전원 애들 보고 있으면 진짜 죽을 것 같아요. 진짜 저 새끼들이 나가서 목숨을 잡고 싸울 수나 있겠나 싶다니까요."

송서희 교수는 걱정스러운 듯 혀를 끌끌 찼다.

'하긴, 의전원이 문제가 많지.'

정부의 압력에 의해 의과대학을 없애고 의전원으로 바꿨던 대학들은 결국 여러 가지 폐해 때문에 의전원을 다시 의대로 돌렸다.

둘 다 운영하던 쪽은 차라리 의전원을 없애고 의대만 남기는 걸 선택했고 말이다.

이유는 간단하다.

아무것도 모르는 고등학교 졸업생을 빡세게 가르치는 게 훨씬 나으니까.

의학계도 비리가 없는 세계가 아니다.

의학계도 비리는 엄청나게 많다.

하지만 최소한 의사로서 기본 교육은 하는 게 보통이다.

그런데 의전원에 오는 놈들은 공부할 시기도 지났고 대가리도 클 만큼 커서, 훈계도 먹히지 않는다.

그리고 의전원의 구조상 부자들이 많이 오다 보니 수틀리면 자기 부모에게 가서 징징거리는 판국이었다.

그렇잖아도 교수급 의사가 되면 프라이드가 하늘을 찌른다.

그런데 돈 좀 있다고 부모가 달려와서 지랄하면서 내가 누구인지나 아느냐부터 잘라 버리겠다는 둥, 내가 너희 총장이랑 밥도 같이 먹는 사이다 하는 소리까지 해 대니, 프라이드 높은 의사들이 차라리 고삐리들을 빡세게 굴려서 인간으로 만들겠다고 마음을 바꾸는 건 당연한 일이다.

"그리고 그렇게 가르치면 뭐 해요. 죄다 안과나 치과, 성형으로 빠지는데."

사실 안과나 치과, 성형 쪽 의사는 한국에 이미 충분하다.

거의 포화 상태라고 해도 무방하다.

그에 반해 외과나 응급의학 쪽은 매일같이 인원이 부족하다.

"그나마 옛날에는 신념 있는 아이들이 많이 왔지요."

긴 한숨을 쉬는 송서희 교수.

노형진은 그녀의 마음을 알 것 같았다.

"하지만 이제는 신념으로 버틸 수 있는 돈이 아니군요."

"그래요. 그리고 이런 말 하면 그렇지만, 돈이 있는 놈이 올바른 신념을 가지는 건 하늘의 별 따기만큼이나 힘들죠."

내 부모를 죽게 만든 병과 싸우겠다, 혹은 내 부모처럼 사고로 죽는 사람이 더 이상 나오지 않게 만들겠다 같은 신념이 있는 인재들이 가끔 들어와서 위험하고 힘든 길을 가 주곤 했다.

하지만 지금은 그런 사람이 거의 없다.

그럴 수밖에 없다.

부자들의 집안에서는 매년 건강검진을 받고, 당연히 병으로 죽을 가능성도 낮다.

사고도 마찬가지.

부자는 사고당할 확률도 낮아질 수밖에 없다.

차도 더 튼튼한 수입 차를 탄다.

어쩌다 사고가 나도, 부자라는 이유로 대학교수급의 인원이 달라붙어서 살리기 위해 노력한다.

"이런 말 하기 그렇지만 의전원은 이제 부자 놈들이 세습용 타이틀을 따는 용도밖에 안 돼요."

"이해합니다. 지금 로스쿨도 그 꼴이 되었으니까요."

머리싸움으로는 빡세게 공부한 흙수저를 결코 이기지 못하는 놈들이 로스쿨을 나와서 쉽게 변호사 자격증을 따고 인맥으로 변호사를 쉽게 시작하는 게 현실이다.

그렇다 보니 실력 있는 변호사들은 도리어 제대로 일하기 힘들어지고 실력 없는 변호사가 사건을 쓸어 간다.

농담이 아니라 현실이다.

지금은 로스쿨도 부자가 아니면 버티기 힘들다.

더군다나 그 합격률도 인서울이 아니면 넘사벽으로 떨어진다.

한국대 시험 합격률은 80%인데 지방대는 20%다.

물론 공부를 잘해서 장학금이라도 나오면 버틸지 모르지만, 대부분의 서민들은 인서울의 로스쿨 학비를 낼 능력이 되지 않는다.

설사 인서울로 버텨서 변호사 시험에 합격한다고 해도, 인맥이 안 되면 주요 로펌에 가지 못하고 개인 변호사나 한다.

이제는 사법연수원처럼 공정하게 배우고 실력을 테스트할 기회는 사라지고 오로지 변호사 시험으로만 판단해야 하는데, 필연적으로 지원을 빵빵하게 받은 사람이 승리할 수밖에 없는 싸움이기 때문이다.

"노 변호사님이라고 했던가요? 그쪽이나 나나 이 답 없는 새끼들을 어떻게 할지, 하아."

"조금만 참으시면 될 겁니다."

실제로 이번 사건으로 인해 학교에서는 의전원에 학을 떼고 내후년에 다시 의대 시스템으로 돌아가 버렸으니까.

"그나저나 제가 너무 제 하소연만 했네요. 남궁한수 그 개자식이 또 뭔 짓이라도 저질렀나요?"

"아니, 그건 아닌데요. 퇴학당한 뒤에 그 건으로 소송하고 있는 걸로 알고 있어서요."

"맞아요."

사실 이 사건이 노형진에게 일찍 왔으면 무슨 수를 써서라도 그 녀석이 감옥에 가게 했을 것이다.

하지만 이미 벌금은 확정되었고 일사부재리에 따라 아무리 노형진이라고 해도 그를 형사처벌 할 방법은 사라졌다.

'하지만 아직 기회는 있지.'

일단 의사가 되는 것만 막을 수 있다면 미래에 피해자가 추가로 발생하는 것도 막을 수 있다.

"사법부에서 그 녀석을 감옥에 넣어 버렸어야 했는데."

긴 한숨을 쉬는 송서희.

"하지만 그러지 못한 게 큰 실수예요."

재판부의 입장은 확실하다.

미래가 창창한 사람에게 실형은 너무 가혹하다는 것이다.

"문제는, 퇴학 처분에도 같은 논리가 동원된다는 거지요."

학교에서는 당연히 퇴학 처리했다.

그리고 남궁한수는 승복하지 못하고 소송을 걸었다.

"현재 상황은 남궁한수가 유리하다고 들었습니다."

"두 번은 기회를 줘야 한다고 하더군요. 의사가 될 사람이 전과로 인해 의사가 되지 못하면 사회적 손실이라면서요."

"웃기는군요. 그런 미친놈이 의사가 되면 무슨 일이 벌어질지는 전혀 생각하지 않나 보군요."

노형진은 혀를 끌끌 차며 말했다.

"하긴, 우리나라의 선처 주의는 좀 심하지요."

특히나 돈이 있는 집안이라면 심해지다 못해 아주 하늘을 찌른다.

"우리나라의 판사들은 두 번의 기회가 사치인 인간이 있다는 걸 인정하지 않아요."

노형진은 송서희에게 미안하다는 듯 말했다.

태생적으로 악인인 사람들이 있다.

그들에게 있어서 두 번의 기회는 인생을 바꿀 기회가 아니라 두 번째 범죄를 저지를 기회라는 걸, 판사들은 잘 모른다.

"그러니 그를 막아야지요. 일단은 그가 의사가 되지 못하도록 하는 게 우선이겠군요."

"하지만 이미 답은 거의 나와 있어요. 판사 쪽도 거의 그쪽으로 넘어가 있고."

"압니다. 그래서 제가 온 겁니다. 제가 그 사건의 마지막 재판을 할 수 있을까 해서요."

"노 변호사님이요?"

"네. 어쩌면 퇴학을 확정할 수 있을지도 모른다는 생각이 들거든요."

노형진의 눈에서 빛이 뿜어져 나왔다.

⚖

학교의 퇴학 문제는 대부분 법적인 재판을 거치게 된다.

과거에는 퇴학이면 그걸로 끝이었지만, 시대가 발달하면서 일단 재판을 통해 퇴학을 막으려고 하기 때문이다.

"문제는 남궁한수의 미래입니다."

남궁한수의 미래가 불쌍하다면서 판사들은 고의적으로 피해자를 모른 척한다.

"일반적으로 학교에서 퇴학이 확정된 경우, 특히나 이런 리벤지 포르노 사건을 일으켰다면 재판은 확정되는 경우가 대부분이지요."

노형진은 송서희를 비롯한 사람들을 모아서 방어법을 이야기하고 있었다.

"확정된다니 그게 무슨 말이지요?"

"간단하게 말해서 판사들도 학교의 재량권을 인정한다는 겁니다."

학교는 교육에 대한 총책임을 지고 있는 곳이다.

당연하게도 그중에는 퇴학에 관한 권한도 있다.

"특히나 지금처럼 리벤지 포르노 문제가 심각한 상황에서라면 대부분 퇴학이 인정될 수밖에 없습니다."

"하지만 기존 우리 변호사 말로는 이길 가능성이 낮다고 하던데요."

노형진은 고개를 끄덕거렸다.

대학도 바보가 아니다.

미친놈이 하나 안에 있으면 조직 자체가 붕괴될 수도 있다.

특히나 성범죄자라고 하면 그 안에서 피해자가 또 생길 가능성도 높기 때문에, 그를 퇴학시키기 위해 비싼 변호사를 샀다.

"그분이 무능하시다는 건가요?"

총장의 말에 노형진은 고개를 흔들었다.

"아니요. 그분은 유능하십니다. 아마 그분이 무능했다면 못 이긴다는 것은 전혀 생각하지 못했을 겁니다."

"네? 이해가 안 가는데요."

"판사들은 외적으로 봤을 때 사건을 대하는 데 있어서 철저하게 중립을 지켜야 합니다."

누군가를 편들어 주거나 심적인 동조를 보여 줘서는 안 된다.

판사는 철저하게 중립적으로 사건을 바라보고, 어떠한 사심도 없이 판결을 내려야 한다.

"그래서요?"

"그런데 그분이 못 이긴다고 하신 건, 아마도 그 판사의 행동이 중립적이지 않다는 걸 아셨기 때문일 겁니다."

"중립적이지 않다고요?"

"네. 실력 있고 능력이 있는 변호사들은 판사들의 미묘한 낌새를 알아채곤 하지요."

"음…… 확실히 그분이 실력이 있기는 해요."

변호사 생활만 30년을 넘게 한 사람이고, 변호사들 사이에서도 상당히 능력이 있다고 평가되는 사람이다.

그래서 대학에서도 몇 년이나 거래해 온 것이고.

"즉, 그가 이기기 힘들다고 말했다는 것은, 이미 판사가 가해자 쪽으로 넘어가 있다는 걸 의미합니다."

판사가 아예 대놓고 한쪽을 편들어 주는 경우는 드물다.

하지만 노련한 변호사는 판사의 언행이나 질문 등을 보면서 그가 누구를 편들어 주는지 읽어 낸다.

"아마도 그 변호사분은 그걸 읽어 냈을 겁니다. 그러니 이기지 못할 거라고 생각했을 겁니다."

"그러면 새론은 뭐, 방법이 있다는 건가요?"

"네, 방법이 있지요. 판사가 그들에게 넘어갔다고 생각되면 당연히 판사를 바꿔야지요. 판사 교체를 신청할 겁니다."

듣고 있던 송서희가 눈을 찌푸렸다.

"이해가 가지 않는데요. 그런 거라면 기존 변호사님도 하실 수 있는 거 아니에요? 판사의 교체를 꼭 새론에서만 해야 하는 이유가 있나요?"

노형진은 고개를 끄덕거렸다.

"그렇습니다. 정확하게 말하면, 새론이 아니면 못하는 거지요."

"어째서요?"

"아까도 말씀드렸다시피 그 변호사님도 상당히 유능하신 분입니다. 그분이 판사의 교체를 생각하지 않으셨을까요?"

"으음……."

그랬다. 판사가 비정상적이어서 승리할 가능성이 낮다면, 변호사는 당연히 그 사람에 대한 교체를 신청해야 한다.

법관기피 신청이라는 건데, 그 판사가 객관적으로 공정한 판정을 할 상황이 안 된다고 생각되면 거르는 것을 의미한다.

"그럼에도 불구하고 그분은 기피 신청을 하지 않았지요. 왜일 것 같습니까?"

"글쎄요."

"법관기피 신청이 들어갔을 때 승인율이 10%가 안 됩니다."

"네? 고작요?"

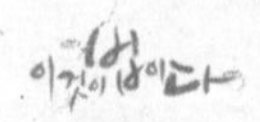

"네."

기피 신청을 한다고 해서 판사가 무조건 바뀌지는 않는다.

회의를 통해 결정해야 하는데, 팔이 안으로 굽는 거야 유명한 말이고 심지어 기피 대상이 회의에 참석하는 경우도 흔하다.

"즉, 안 될 가능성이 90% 이상이라는 거지요."

더군다나 실질적으로 법관기피 신청으로 기존 판사에게 창피함을 주는 경우, 다음에 그 사건을 담당하게 된 판사가 그걸 한 대상에게 알게 모르게 불이익을 주는 일도 허다하다.

"그렇다 보니 못 이길 거라고 하신 겁니다. 기피해도 판사가 변경되지 않을 가능성이 너무 큰 데다, 설혹 판사가 변경된다고 해 봐야 그다음 배정된 판사가 불이익을 줄 건 뻔하고, 그 과정에서 판사끼리의 청탁이 들어가는 건 너무나 당연한 일이니까요."

"아……."

"물론 학교에서 과거에 판사들에게 뇌물을 줘 가면서 관리했다면 상황이 좀 바뀔 수도 있겠습니다만."

하지만 학교에서 그렇게 뇌물을 주면서 판사를 관리할 이유는 없다.

결과적으로 판사는, 안 준 사람보다는 주는 사람에게 신경 쓰게 된다.

"그러니 이기는 건 힘들죠. 그리고 아시겠지만, 판사가 돈을 받았다는 걸 증명하는 것은 하늘의 별 따기보다 어렵습니다."

"끄응……."

그럴 수밖에 없다.

일단 뇌물을 줄 때 계좌 이체로 주는 멍청한 놈은 없고, 그걸 의심한다고 해도 당사자가 아닌 상황에서 그 증거를 구할 수도 없다.

설사 의심해서 신고한다고 해도, 경찰이나 검찰이 그걸 제대로 수사하는 경우는 거의 없다는 것이 문제다.

"현실적으로 판사에게 뇌물을 준 사건은 공식적으로는 거의 없지요. 공식적으로는 말이지요."

노형진은 피식 웃으며 말했다.

"그러면 판사들은 돈을 받지 않고 양심적으로 판결하면서 산다는 건데……."

다음 순간 노형진의 입가에 비릿한 비웃음이 떠올랐다.

"그랬다면 판사가 결혼 대상자들이 좋아하는 '사' 자 돌림이 되지는 않았을 겁니다."

검사의 연봉은 평균 7천만 원선, 판사의 연봉은 평균 9천만 원선이다.

그런데 이건 세금 포함이니까, 여기서 세금을 빼고 나면 검사는 평균 6천만 원, 판사는 평균 7천만 원으로 봐야 한다.

"그 돈으로 65평 아파트에서 가정부까지 두고 살지는 못하지요."

물론 일반인 입장에서 보면 충분히 많은 돈이다.

하지만 판검사를 사위나 며느릿감으로 받아들이려고 하는 사람들 입장에서는 푼돈도 이런 푼돈이 없다.

툭 까고 말해서, 조금 잘나가는 가게 하나만 쥐고 있어도 저 정도 돈은 나오니까.

그러니 돈이 아닌 무언가를 원하고 '사' 자 돌림을 원하는 건데, 그 무언가라는 것을 부패로밖에 얻을 수 없다는 것이 문제다.

"하긴…… 그건 그렇지요."

의사들이야 월급 의사를 해도 억 단위 연봉은 우습다고 하지만 판사는 그것도 아니다.

변호사가 되어야 하는데, 잘 버는 변호사가 되는 건 쉬운 일이 아니니까.

"결론적으로 말하면 이번 사건에서 소위 말하는 알음알음이라는 게 통했을 가능성이 높습니다."

"알음알음?"

"중간에 다른 브로커가 끼어 있다는 거지요."

그것도 전문 브로커가 아니라 판사와 잘 알고 지내는 누군가가 끼었을 가능성이 아주 높다는 것이 노형진의 추측이었다.

"그건 확실하지 않지 않습니까?"

"네, 확실하지 않습니다. 그랬기에 지금까지 판사가 뇌물을 받은 사건이 거의 없다고 하는 거구요."

만일 판사나 검사만 조사하는 곳이 있다면 그곳에서 조사했을 수도 있다.

하지만 한국에는 그런 곳이 없다.

없는 정도가 아니라 팔이 안으로 굽는다고, 그런 범죄가 벌어져도 서로 감추기에 급급하다.

실제로 모 검사는 다른 동료 검사의 비밀을 알고 있는 피의자를 무려 20일간이나 가두어 두고 변호사도 가족도 못 만나게 하면서 괴롭혔다.

그로 인해 피의자는 사업이 망했고 말이다.

물론 범죄를 저지른 범죄자가 착하다는 것은 아니지만, 그 범죄 때문이 아니라 다른 검사의 비리를 감추기 위해 그 검사는 법을 통째로 위반했다.

물론 그에 대해 조사가 들어갔지만 제대로 처벌은 이루어지지 않았다.

서로의 범죄에 대해 끼리끼리 뭉쳐서 비밀을 감추는 데에만 집중했기 때문이다.

"설사 그가 알음알음을 하지 않았다 하더라도 지금 흘러가는 상황으로 보면 남궁한수가 복학하게 될 건 뻔합니다. 그러면 무슨 일이 벌어질 것 같습니까?"

"휴우, 대단위 휴학이 벌어지겠지요."

일부 여학생들은 벌써 그 소식을 듣고 학교를 그만두는 것까지 생각하고 있다고 한다.

그만큼 성범죄자는 여성들에게 있어서 공포의 대상이다.

더군다나 성범죄자가 다니는 학교에 들어가고 싶어 하는 사람이 어디 있겠는가?

당장 이번에는 리벤지 포르노이지만 다음번에는 강간이 될 수도 있는 일이고, 이번 사건에서 보다시피 힘이 있기 때문에 다음번에도 풀려날 가능성 역시 존재한다.

'오죽하면 학교가 의전원을 포기하고 다시 의대 체재로 돌아가겠어?'

당연히 이번 사건의 여파는 결코 무시할 수 없는 것이었다.

의학은 사람의 목숨을 거는 학문이다.

그걸 범죄자에게 맡겨 둘 수는 없다.

실제로 모 의사는 뇌 수술을 30분 이내에 끝내는 기염을 토했다.

그리고 환자는 사망했다.

그렇게 수십 명을 죽였지만, 누군가 이상함을 알고 신고가 들어갈 때까지 3년간이나 드러나지 않았다.

"의사에게 가장 중요한 건 인성이지요."

일로써 사람을 대하면서 인격적인 모습만 보이기는 힘들

다.

물론 그러는 것이 이상적이기는 하지만, 의사에게도 시간은 한정되어 있고 환자 한 명당 정해진 시간이 있기에 실제로는 힘든 일이다.

"하지만 환자를 귀찮게 보지만 말았으면 하는데."

그 순간 그 환자의 죽음은 거의 확정적이 되어 버리니까.

"그런데 어떻게 자르려고요?"

송서희 교수는 궁금한 듯 물었다.

그녀가 보기에 이미 마음을 굳힌 판사의 마음을 바꾸는 것은 쉬운 일이 아니다.

더군다나 노형진의 말대로라면 일단 그를 자르고 나서 다른 판사를 들여야 한다는 건데, 그게 쉬울 리가 없다.

"처음에는 뇌물을 주는 장면을 찍을까 했습니다만."

그건 어렵지 않다.

사람 이름을 팔아서 접근하면서 뇌물을 준 후에 그걸 가지고 협박하든가 제출하면 되는 거니까.

"하지만 그 알음알음이라고 한다면 문제가 되지요."

브로커가 활동할 수 있는 가장 큰 이유.

그건 판사들이 멍청하게 모르는 사람들에게서 뇌물을 받지 않기 때문이다.

자신이 아는 사람, 그것도 명확하게 아는 사람이 아니면 소개를 받지도 않고 돈도 받지 않는다.

어설픈 사람들이 접근해서 뇌물을 준다고 해 봐야 대부분 경계심만 일으킬 뿐, 반대로 이쪽이 더 손해를 보는 상황이 생길 수도 있다.

"그러니 돈을 주는 장면을 추적하는 건 불가능할 거라 생각합니다."

"그러면요?"

"그럴 때 쓸 만한 카드가 있지요."

노형진은 씩 웃으며 말했다.

"아르바이트생을 한 명 고용할 겁니다, 후후후."

단순히 아르바이트생 한 명으로 사건이 해결된다는 말에 다들 고개를 갸웃할 수밖에 없었다.

양심? 그건 먹는 건가요?

노형진은 아르바이트생을 고용했다.

그것도 상당한 돈을 주고 말이다.

하루에 20만 원. 절대 작은 비용이 아니다.

하지만 노형진이 고용한 아르바이트생은 그 가치 이상의 힘을 가진 사람이었다.

"재판장님, 원고 측은 자신의 퇴학 사실에 대해 불만을 품고 퇴학 무효 소송을 냈습니다. 하지만 원고는 자신이 몰래 촬영한 리벤지 포르노를 인터넷상에 유포함으로써 사실상 피해자의 미래를 박살 냈습니다."

노형진의 방어. 그리고 이어지는 상대방, 즉 남궁한수 측의 공격.

"하지만 재판장님, 그건 한순간의 실수입니다. 해당 동영상이 유출되었다고 하나 그 피해는 미미합니다."

"어째서 피해가 미미하다고 생각하시는 겁니까? 그 영상으로 인해 피해자는 심각한 우울증을 앓고 있으며 정신과 치료를 받아야 하는 상황입니다."

"하지만 빠르게 삭제하지 않았습니까?"

"원고 측 변호인, 말은 똑바로 하세요. 마치 원고 측이 반성하고 삭제한 것처럼 말하는데, 피해자 측에서 막대한 비용을 내고 삭제 요청을 해서 삭제 중인 겁니다!"

"어찌 되었건 피해가 별로 없습니다."

"말장난하지 마시라니까요! '삭제했습니다.'가 아니라 삭제 중인 건입니다. 끊임없이 인터넷에서 다시 나오고 있는 상황이고, 그걸 계속해서 전문 업체를 통해 감시하면서 삭제 중입니다. 그때마다 피해와 비용은 계속 발생하고 있는 거고요!"

노형진은 그렇게 말하면서 원고 측 변호사를 노려보았다.

"피해가 발생하지 않은 게 아니라, 피해가 발생하지 않게 하기 위해 피해자 측이 삭제하는 비용을 내고 있단 말입니다. 그리고 그건 피해자와 원고의 문제이고, 이번 재판은 학교와 원고의 문제입니다. 원고는 범죄를 저질렀고, 학교에서는 학칙에 따라 퇴학 처리를 한 겁니다!"

"하지만 재판장님! 이 사건에서 퇴학은 너무나 잔인한 처사입니다! 원고는 앞날이 창창한 학생이고 의대를 졸업한 후에 의사가 되는 것이 꿈인 사람입니다! 그가 살릴 수 있는 수많은 사람들을 생각해 보십시오!"

너무나 뻔한 방어법.

지금까지는 그 방어법이 먹혔다.

판사에게 적당한 돈이 들어갔으니까.

하지만 지금 이 순간, 그 방어법은 작동하지 않고 있었다.

"재판장님?"

원고 측 변호사는 이상하다는 표정으로 판사를 불렀다.

자신이 나름의 시그널을 줬는데 반응이 없었기 때문이다.

판사의 시선은 방청석을 향해 있었다.

'그래, 그럴 테지. 아무리 썩어 빠진 인간이라고 해도 말이지, 자식 앞에서는 그런 모습을 보이고 싶지 않은 법이거든.'

노형진이 고용한 알바, 그건 다름 아닌 판사의 딸이었다.

현재 대학생이고, 나이는 피해자와 같다.

노형진이 판사에 대해 조사하다가 알아낸 사실로, 노형진은 그녀에게 접근해서 알바로 일해 달라고 했다.

적당한 대가와 아버지가 하는 일에 대한 궁금함에 그녀는 흔쾌히 수락했다.

자신의 아버지가 '자랑스러웠을' 테니까.

'정확하게는, 자랑스러웠겠지.'

과거형인 이유는, 지금 그녀의 눈빛에 혐오가 가득했기 때문이다.

그녀는 이미 노형진에게 사정을 전부 전해 들은 상황이었다.

이 세상의 어떤 여자도 성범죄를 그리고 리벤지 포르노를 좋아하지 않는다.

그런데 그걸 알면서도 은폐하고 피해자에게 불이익을 주려고 하는 아버지를, 그녀는 좋게 생각할 수가 없었다.

'그리고 그녀가 있는 이상 판사는 꼼짝도 못 하지.'

그녀의 눈앞에서 남궁한수의 퇴학을 취소 처리하면, 판사는 아버지가 아니라 성범죄자들을 풀어 주는 썩어 빠진 인간이 된다.

하지만 그렇다고 퇴학 취소를 거절하면 그간 받아 처먹은 뇌물로 탈이 난다.

"재판장님?"

"네? 아아…… 들었습니다. 네, 진행하세요."

갑자기 재판정에 나타난 딸을 보고 당혹감을 감추지 못하는 판사.

그렇다고 그냥 나가라고 하자니, 그건 그것대로 문제다.

딸이 나가면 부당한 판결을 내리겠다는 걸 의미하기 때문이다.

일반적으로 모든 재판은 공개된다.

밀실 합의라는 말을 막기 위해서다.

그러니 그녀가 거기에 있다고 해서 쫓아내기도 애매하다.
'물론 너는 이유를 알지 못하겠지.'
원고 측 변호사는 판사의 시선을 빼앗아 가고 있는 학생이 누군지 모르니 그저 속으로 짜증만 삼킬 뿐이었다.
"친애하는 재판장님."
노형진은 그렇게 당황한 틈을 놓치지 않았다.
"재판장님은 원고 남궁한수가 지원한 전공과목이 무엇인지 아십니까?"
"그건 모릅니다만."
"다름 아닌 산부인과입니다."
노형진은 그렇게 말하면서 판사를 압박했다.
"생각해 보십시오. 혹시 따님이 있으시다면 말입니다, 성범죄자가 산부인과 의사가 되어서 소중한 따님의 은밀한 곳을 바라보면서 진료한다는 게, 용서가 되십니까?"
자리에 앉아 있던 딸은 부르르 떨었다.
누가 봐도 그건 최악의 상황이다.
"더군다나 남궁한수는 리벤지 포르노 사범입니다. 그 말은, 그에게 성적 촬영에 대한 판타지가 있다는 걸 의미하지요."
"그게 이번 사건과 무슨 관계가 있습니까?"
원고 측의 변호사는 다급하게 말을 끊으려고 했다.
애초에 그가 지원한 전공과목 같은 건 없었던 이야기였는데 그게 튀어나오면 곤란한 건 원고이기 때문이다.

“재판장님, 여기 제가 참고 자료로 제출하는 서류를 봐 주시기 바랍니다. 이 자료는 현재 시중에 유통되고 있는, 소위 말하는 몰래카메라들입니다.”

노형진은 미리 확보한 사진을 판사와 원고 측에게 건넸다.

“보다시피 무척이나 작고 무척이나 정밀합니다. 실질적으로 이건 기성품이고, 원하는 경우 커스텀으로 제작해 주는 경우도 많다고 합니다. 물론 가격이 좀 나가겠지만요.”

“그, 그래서요?”

“만일 그가 리벤지 포르노의 환상을 벗어나지 못하고 산부인과 치료를 하면서 여성들의 성기를 몰래 촬영해서 집에서 자위용으로 쓰거나 이번 사건처럼 인터넷에 공개하는 경우, 그 관련된 피해자들의 분노를 감당하실 수 있겠습니까? 세상의 그 어떤 아버지도 그걸 용납하지는 않을 것 같은데요. 대부분 말이지요.”

판사는 묘한 표정이 되었다.

눈앞에 딸이 있다.

그런데 그가 여기서 남궁한수에 대한 퇴학 처리를 취소한다면?

‘안 봐도 뻔하지.’

자기 딸에게서 멀쩡한 아버지 취급받는 건 글러 먹게 된다.

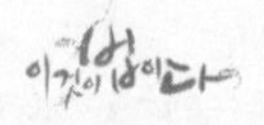

사람은 존경하던 대상이 자신이 생각하던 그런 사람이 아니라는 걸 알았을 때 큰 충격을 받기 마련이다.

일반 가정도 그런데, 하물며 존경해 마지않던 판사 아버지가 뇌물을 받고 딸 앞에서 성범죄자의 미래를 도와준다?

당연히 딸은 그런 아버지를 용서하지 못할 것이다.

물론 딸도 돈만 있으면 된다는 막장이라면 모르겠지만, 노형진이 만나 본 그녀는 그런 타입이 아니었다.

'자, 어쩔 거냐? 딸에게 막장 아버지가 될 것이냐, 아니면 여기서 퇴학 처리를 확정하고 먹은 게 탈이 날 거냐? 그도 아니면…….'

노형진은 아무 말 하지 않고 그저 판사만 바라볼 뿐이었지만, 판사의 얼굴에 드러난 곤혹스러움은 충분히 읽을 수 있었다.

⚖

결국 판사는 일신상의 이유를 들어서 재판에서 물러났다.

현실적으로 그가 나서서 하는 것에 대한 실익이 없으니까.

"생각보다 쉽게 물러났네요."

"애매하니까요. 판단을 내리자니 양쪽 다 위험하니까, 선택할 수 있는 건 하나뿐이지요."

바로 거기서 물러나는 것. 그리고 돈을 돌려주는 것.

일단 판결을 내리지는 않았으니 그쪽에서 뭐라고 할 수도 없고 딸의 압박에서도 자유로울 수 있다.

"물론 당분간은 집에 가서 들들 볶이겠지만."

하지만 그건 그쪽 사정이지 노형진의 사정이 아니다.

"중요한 건, 이제 제로에서부터 시작할 수 있게 되었다는 거지요."

그러자 송서희 교수가 걱정스럽게 물었다.

"하지만 불이익이 없을까요?"

"없을 겁니다. 우리가 물러나라고 한 게 아니니까요."

만일 판사에 대해 노형진 쪽에서 교체를 요구했다면 그 판사는 후임이나 동료에게 보복을 요구할 수 있다.

자기를 쪽팔리게 했다고 말이다.

"하지만 이번에는 우리가 요구한 게 아니라 그쪽에서 알아서 물러난 거니까요."

"그래도 보복을 요구할 수는 있잖아요?"

"그러면 상황이 달라집니다. 자기가 스스로 물러났으니 그걸 해명해야 하거든요."

법관기피 신청을 했다면 그가 동료들에게 '나를 창피하게 했다. 복수해 달라.'라고 요구할 수 있다.

이쪽에서 먼저 시작한 싸움이니까.

팔이 안으로 굽는다고, 그러면 보복이 들어올 가능성이 높은 건 사실이다.

"하지만 현실적으로 자기가 그만두면 상황이 그렇게 흘러가지 못하지요."

보복을 요청하려면 상황을 설명해야 하는데, 그 설명이라는 게 결국은 자기가 뇌물을 받아 처먹어서 제대로 판결하기 힘든 상황이라고 말하는 거다.

"자기들끼리 뭉친다면서요?"

"자기들끼리 뭉친다면 그럴 수도 있지요."

노형진은 고개를 끄덕거렸다.

"하지만 외부의 공격과 내부의 자극은 다르니까요."

"네?"

"저들은 동료임과 동시에 라이벌이기도 합니다."

"아하!"

송서희 교수는 바로 알아들었다.

그러한 관계는 의사들 세계에서도 당연히 있는 관계이기 때문이다.

"만일 그런 걸 가지고 요구를 한다면 그건 그 순간부터 약점이 되겠군요!"

"맞습니다."

뇌물을 받은 대신 청탁받은 요구를 이행하지 못했다고 이야기하는 것 자체가, 그 정보가 상대방과 상대방 파벌로 넘어가는 걸 의미하니 나중에 결정적인 순간에 약점이 될 게 뻔하다.

“그러니 도움을 청하지도 못하겠군요.”

“네. 그리고 지금쯤 우리가 자기 딸을 고용했다는 것도 알겠지요.”

“네? 그게 무슨 말이지요?”

“만일 그가 보복을 요구해서 우리가 재판에 진다면, 딸을 만나 보지 않을까요?”

“……!”

딸을 단순히 정신적 압박용으로 데려온 게 아니다.

자신들이 딸과 관련이 있다는 걸 증명하기 위해 데려온 것이다.

그리고 진짜 법적으로 진 건지 아니면 보복으로 진 건지 알 수 없지만, 지는 순간 노형진은 그 딸과 접촉해서 사건에 대해 이야기할 수 있다.

“이미 따님에게 사정을 이야기해 놨습니다. 제발 아버지에게 부탁드려서 공정한 재판을 해 달라고요.”

돈을 준 것도, 이기게 해 달라는 것도 아니다.

오로지 공정한 재판만을 부탁했다.

“그런데 여자분인 따님이 심리적으로 누구 편을 들어 주겠습니까? 가해자인 남궁한수? 아니면 피해자인 하영주?”

답은 뻔하다.

노형진은 그 작은 부탁에 심리적 함정을 깔아 둔 거다.

“우리가 패배했다는 소식이 들어가는 그 순간, 따님은 자신의 아버지가 뇌물을 받아서 사건을 덮었다고 확신할 겁니다."

그리고 부녀 관계는 아주 파멸로 치달을 것이다.

"이거 불법 아닌가요?"

"애매하지요. 우리가 요구한 건 승리가 아니니까."

확실하게 노형진이 요구한 건 공정한 재판이다.

심지어 그걸 부탁하면서 돈을 준 것도 아니고, 그와 관련된 녹음 파일도 있다.

"판사의 딸과 접촉했다는 도의적인 문제가 있을 수도 있습니다. 하지만 그건 도의적인 문제이지, 법률적인 문제는 아니거든요."

노형진은 빙긋 웃으며 말했다.

"인터넷에서 이런 사건이 터지면 다들 하는 말이 있지요. 판사에게 딸이 있었다면 그렇게 하겠느냐는 말."

"그렇지요."

"판사들이 그런 판정을 내리는 것은, 자신의 딸에게는 절대 그럴 일이 벌어지지 않을 거라고 확신하기 때문입니다."

하지만 그건 어디까지나 딸이 사건에 대해 모를 때의 이야기다.

"만일 딸이 알고 거기에 끼어들기 시작하면, 그들 가정의 평화는 시궁창행이지요. 물론 그건 어디까지나 그 딸도 정상적인 상황일 때의 이야기입니다만."

만일 딸도 미친년이었다면 노형진도 이런 작전은 쓰지 않았을 것이다.

하지만 다행히 딸은 정상이었고 노형진은 그녀를 포섭하는 데 성공했다.

"그러니 이제부터는 정상적으로 싸울 수 있다고 보시면 됩니다."

"이제부터는 정상적으로 싸울 수 있을 거라고요? 그게 무슨 말씀이시지요? 더 이상 사건을 맡아 주지 않는다는 말씀이신가요?"

송서희는 깜짝 놀랐다.

노형진이 사건을 진행한다고 했을 때 당연히 끝까지 할 줄 알았기 때문이다.

"저는 하영주 씨 변호사니까요."

물론 못 할 것은 없다. 하려고 하면 할 수는 있다.

하지만 그러면 아무래도 하영주 씨에게 소홀하게 된다.

다른 사건은 모르지만 이런 리벤지 포르노 사건은 시간이 관건이다.

물론 지금도 동영상을 삭제하고 있기는 하다.

하지만 삭제한다고 해도 올리는 놈은 계속 올린다.

"이런 사건은 무조건 올리는 놈을 잡아야 합니다. 그러려면 제가 이 사건까지 담당할 시간이 없습니다."

"올리는 놈을 잡아야 한다고요?"

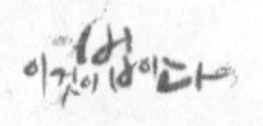

"네. 애석하게도 현행법이 개떡 같아서요."

모든 영상에는 일종의 DNA 같은 중요 정보가 있다.

그건 코딩을 해도 사라지지 않는다.

그걸 이용해서 삭제를 요청하면 업체에서 삭제해 주는 게 기본 시스템이다.

"문제는 인식한다고 해서 인터넷에 올라온 영상을 영원히 삭제할 수는 없다는 겁니다."

이런 리벤지 포르노의 가장 큰 문제는 바로 인터넷의 영원성 때문이다.

인간이 멸망하거나 문명이 무너지기 전까지, 이 영상이 언제까지 보관될지 알 수가 없기 때문이다.

"더군다나 인터넷 삭제 업체에서 요구한다고 해서 불법 공유 업체에서 삭제해 준다는 보장도 없거든요."

불법 공유 업체가 삭제하지 않는다고 해서 책임지는 시스템이 아니다 보니, 피해자가 자살을 하든 말든 업체에서 삭제하지 않는 경우도 있다.

문제는 그런 악질이 있는 이상 이 싸움은 멈추지 않는다는 것이다.

"더군다나 삭제 업체들과 손잡고 뿌리는 놈들도 있지요."

"네? 그게 무슨 말이지요?"

눈을 찡그리면서 묻는 송서희.

아무래도 인터넷에 익숙한 세대가 아닌 그녀 입장에서는

모르는 사실이었으니까.

"말 그대로입니다."

인터넷 공유 업체와 삭제 업체가 손잡고 그 리벤지 포르노를 공유해 버리는 것이다.

일단 피해자는 그게 존재하는 이상 어쩔 수 없이 인터넷 삭제 업체에 계속 돈을 줘야 한다.

그러면 삭제 업체는 그 돈을 공유 업체와 나누는 것이다.

"아니면 아예 같은 계열사인 경우도 있지요."

"미친 새끼들! 사람 인생을 뭘로 보고!"

"그러니까 제가 서두르는 겁니다."

실제로 인터넷 삭제 업체에 의뢰했는데 그들이 근무하는 낮 시간에는 그런 리벤지 포르노가 없어졌다가 그들이 퇴근한 6시 이후에 다시 올라오는 경우는 무척이나 흔하다.

심지어 리벤지 포르노뿐만 아니라 영화 같은 것도 그런 식으로 수익을 내면서 불법 공유한다.

삭제 업체에서 검사하는 건 6시까지니까.

물론 양심적인 기업들은 최대한 야근해서라도 삭제하려고 한다.

문제는 삭제 업체에서 6시 이후에 발견해서 전화한다고 해도, 불법 공유 업체는 업무 시간이 끝났다면서 그냥 깔아뭉개는 게 보통이라는 거다.

"문제는 그런 불법 리벤지 포르노가 가장 많이 공유되는 시간이 오후 6시부터 12시 사이라는 거지요."

퇴근 이후나 일과가 끝나고 나서 해당 사이트를 찾는 사람들이 많기 때문에 어쩔 수 없는 현실이다.

"그래서 우리가 빨리 움직이지 않으면 하영주 씨의 피해는 기하급수적으로 늘어날 수밖에 없습니다."

"그렇다면 이해해요. 그건 어떻게 해서든 막아야지요."

"맞습니다. 그러니 애석하게도 퇴학 관련 소송까지 하기에는 제가 시간이 부족하네요."

"어차피 사건은 제로에서 시작한다면 지지는 않는다고 하셨지요?"

"이전 변호사분이 일을 못하신 건 아니니까요."

다만 알게 모르게 받아 처먹은 뇌물이 문제였던 것뿐이다.

하지만 그게 없으면 그도 충분히 이길 수 있는 상황이다.

"그런데 또 뇌물을 줘서 사건을 뒤집으려고 하는 거 아닐까요?"

"그걸 막기 위해서라도 제가 아예 빠지지는 않을 겁니다."

"아예 빠지지는 않으신다고요?"

"네. 변론인에 저와 새론의 이름은 그냥 올려 둘 겁니다."

만일 선임된 변호사가 여러 명이라면 그중 한 명만 출석해도 재판은 정상적으로 진행된다.

"그리고 저희 새론은 뇌물을 받은 판사와 검사를 갈아 버리는 걸로 아주 유명하지요."

판사가 되었다는 부분에서 그들은 이미 똑똑하다는 게 증명되었다.

"이유 없이 기존 판사가 물러났다는 건 우리 쪽에 약점이 잡혔다는 걸 의미합니다. 똑같은 취급을 받기 싫을 테니, 허튼짓은 안 할 겁니다."

"아하!"

판사들이나 검사들 사이에서 새론은 악명이 자자하다.

그냥 지는 것은 문제가 안 된다.

하지만 상대방이 돈을 받았다거나 편의를 보장받은 경우, 새론은 그 대상과 전쟁 모드로 돌입한다.

좋은 게 좋은 걸로 넘어가는 게 아니라, 박멸을 목적으로 움직인다.

단순히 그 재판으로 끝이 아니라 판사든 검사든 퇴출을 시키고 그 후에 변호사 일도 못 하게 추적하는 게 새론이다.

"저희 이름이 들어가 있는데 거기에다 전임자까지 켕기는 행위로 날아갔는데 돈을 또 받으면, 그놈이 미친놈인 거지요."

노형진은 씩 웃으며 말했다.

"그러니 걱정하지 않으셔도 됩니다."

"알겠어요. 그러면 영주를 부탁해요."

송서희는 노형진의 손을 꽉 잡으면서 당부했다.

"걱정하지 마십시오. 어떻게 해서든 구하겠습니다. 어떻게 해서든.”

⚖

“예상대로네요.”

피곤한 얼굴로 노형진을 맞이하는 남자.

그는 삭제 전문 업체의 담당자였다.

그는 노형진에게 의뢰를 받고 해당 영상을 삭제하기 위해 계속 근무 중이었다.

“이 새끼들이 밤에만 올려요. 이미 이 영상을 삭제 중인 걸 알면서도 그냥 방치합니다.”

“돈이 목적이겠지요?”

“그럴 겁니다. 리벤지 포르노를 모으는 놈은 생각보다 많거든요. 뭐, 제가 그쪽에서 일해서 그런지 모르겠습니다만.”

“아마 많을 겁니다. 오죽하면 인구의 10%는 변태라는 말이 있겠습니까?”

정상적인 성관계로 만족하지 못하고 변태적 관계를 추구하는 사람들은 생각보다 많다.

그런데 문제는, 그냥 자기들끼리 뭘 하면 상관없는데 이번 사건처럼 꼭 피해자를 만들어 낸다는 것이다.

“일단 발견하는 족족 삭제 요청을 하고 있습니다만.”

그나마도 낮에는 삭제해 주지만 밤에는 불가능하다고 한다.

"그리고 막아 주지도 않아요."

"당연하지요. 현행법의 문제니까요."

현행법상 리벤지 포르노를 뿌린 놈도 처벌받아야 한다.

문제는 그 리벤지 포르노를 뿌리는 중간 매체인 웹사이트들은 처벌을 받지 않는다는 것이다.

사회단체에서 그 법을 바꾸라고 난리를 쳤지만 그러한 웹사이트들의 로비를 받아서 움직이는 정치인들은 콧방귀도 안 뀌고 있는 게 현실이다.

"오죽하겠습니까? 애초에 그런 사이트를 만드는 도둑놈의 새끼가 국회의원까지 하는 나라인데."

외부에서는 무슨 인터넷 전문가처럼 소개된 사람이지만 그는 그러한 불법 공유 사이트를 몇 개나 가지고 있는 도둑일 뿐이다.

그는 그렇게 번 돈으로 국회의원까지 한다.

한국에서 그러한 불법 공유 사이트의 수익은 수천억대.

그런 곳은 영화 하나 내려받는 데 단돈 몇십 원이면 된다. 즉, 문화적으로는 몇 조 단위의 손실이 발생하고 있는 것이다.

하물며 이건 명백하게 사람이 죽을 수 있는 상황인데 그들은 모른 척하면서 그 영상을 팔아먹는 데 혈안이 되어 있다.

"일단 최선을 다하고 있습니다. 문제는……."

"설마……?"

"설마가 사람 잡는 법이지요. P2P까지 퍼졌습니다."

P2P, 즉 컴퓨터와 컴퓨터를 직접 연결시켜 서버 없이 개인 컴퓨터의 자료들을 공유할 수 있는 방식을 뜻한다.

그곳은 클라이언트가 가능한 개인이 너무 많아 삭제 요청조차 할 수가 없다.

"일단 삭제 요청에 최대한 집중해 주세요. 퍼지는 건 막아야 합니다."

"물론 웬만한 사이트들은 요식행위라도 들어가면 삭제는 해 주는 척합니다. 하지만 악질들이 너무 많아서요."

"무슨 뜻인지 알고 있습니다. 곧 우리가 다른 수를 쓰겠습니다."

"다른 수요? 이런 사건을 많이 해 봤습니다만, 대부분 결국 포기하고 말았는데요."

그리고 그 끝은 피해자의 자살이었다고, 차마 담당자는 말하지 못했다.

진짜 바퀴벌레만큼이나 지독하게 기어 나오는 놈들이 그들이니까.

"압니다."

노형진은 고개를 끄덕거렸다.

"하지만 이번에는 다를 겁니다. 장담하지요."

노형진은 눈을 빛내며 말했다.

이러한 영상을 삭제하기 위해 가장 먼저 해야 하는 것은 다름 아닌 경찰의 수사다.

그리고 경찰은 대부분 해당 사이트에 협조 공문을 보내거나 전화하는 걸로 일을 해결하려고 한다.

"정식으로 하면 해당 서버를 압류해야 하지만요."

"하지만 그게 쉽겠어요?"

"그게 문제입니다. 그들의 로비가 어마어마하니까요."

서버를 압류하면 당연히 해당 영업은 종 치는 거다.

그래서 그런 불법 공유 사이트는 막대한 로비를 한다.

따라서 그곳에 대한 압수수색영장을 발부받는 건 현실적으로 불가능하다.

IT 기업이라는 허울 좋은 가면 뒤에 숨어 있기 때문이다.

"하지만 아이피는 주지요."

"그래서 문제입니다."

고연미는 질렸다는 듯 고개를 흔들었다.

그럴 수밖에 없는 게, 그들이 준 아이피는 죄다 가짜니까.

"그들이 줄 수 있는 건 아이피뿐이라네요."

사이트에 가입할 때 주소나 신분을 넣도록 되어 있다.

물론 일반 가입이라면 다 넣을 필요는 없지만, 이 경우 올리는 놈들은 자칭 판매자인지라 그런 정보를 넣지 않으면 판매 자체가 불가능하다.

그런 만큼 계정을 주면 금방 범인을 잡을 수 있다.

하지만 그들은 계정 정보는 개인 정보 보호법 때문에 주지 못하고 그나마 협조 차원에서 아이피만 준다.

그마저도 주지 않으면 아무래도 외부의 압력에 서버를 압수당할 수 있기 때문이다.

"일부는 잡았지요. 잔챙이지만."

"하지만 헤비 업로더들은 못 잡았군요."

"네, 사실 잔챙이들 건 정리하는 것도 쉬워요."

삭제 요청하고 고소하고 인터넷으로 쪽지를 보내면 잔뜩 겁먹어서 징징거리는 것이 잔챙이들이다.

쉽게 말해서 일반 판매자들.

남의 영상을 팔아서 그걸로 포인트를 받아 다른 영상을 사거나 몇만 원 정도 용돈 벌이를 하는 놈들.

"하지만 헤비 업로더들은 완전 문제예요."

그들은 웹 하드에서 보호받는다.

그들이 올리는 속칭 '자료'의 양은 어마어마하다.

거의 수백 건에서 수천 건이고, 그들이 가지고 가는 수익만 매달 수천만 원이다.

대부분의 웹 하드 정보의 유통은 헤비 업로더가 뭔가를 올리면 그 자료를 다른 누군가가 받아서 올리고, 그걸 다시 받아서 다른 누군가가 올리는 형태로 되어 있다.

쉽게 말해서 헤비 업로더들은 마약 공급책 같은 것이다.

그 아래에서 파는 놈들은 일종의 찌꺼기 마약 딜러고 말이다.

"이미 몇 번이나 고소했어요. 하지만 보다시피 이래요."

노형진에게 그간의 자료를 건네는 담당자.

분명 고소한 계정은 하나다.

그런데 그 계정의 주소가 다 달랐다.

"집 주소가 주택인 경우는 그나마 괜찮아요."

그 주택에서 사는 놈이 범인일 수도 있으니까.

하지만 주택이 아닌 경우는 이야기가 달라진다.

"보다시피 학교나 동사무소, 시청에 과학 연구소, 심지어 사기업까지 막 나와요. 계정은 하나인데 아이피가 수십 개가 나온다는 건 말이 안 되지요."

"변동 아이피는요?"

"이미 확인했어요. 변동 아이피를 쓴다고 해도 이딴 식으로는 나오지 않아요."

아이피가 고정되어 있는 경우도 있지만 대부분의 아이피는 변동된다.

즉, 해당 아이피를 인터넷 회사에 물어보면 아무리 변동되었다고 하더라도 그 번호가 그 시간에 어디에 할당되었는지 드러나게 된다는 것이다.

"그런데 이건 그게 아니에요. 심지어 몇몇 곳은 아예 고정 아이피를 쓰는 곳이고요. 쉽게 말해서 바뀔 수가 없다는 거죠."

"결국 가짜 아이피를 던져 주는 거군요."

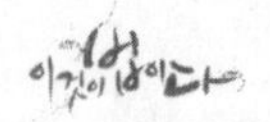

"맞아요. 범죄자들이 많이 쓰는 방법이지요."

강남에는 성매매 업소들이 아주 흔하다.

그런데 현실적으로 그러한 성매매 업소들은 불법이니 그걸 단속하면 없애지 못할 리가 없다. 뻔하게 보이니까.

그럼에도 불구하고 없애지 못하는 건, 일종의 공생 관계가 이루어져 있기 때문이다.

가령 어떤 성매매 술집에 단속하러 온다고 하면 그 술집은 절대 모든 손님들을 대피시키지 않는다.

그곳에 자주 오는 손님 또는 VIP 손님들만 대피시킨다.

그리고 뜨내기손님들은 단속에 걸리게 둔다.

경찰에게 약간의 실적을 주는 것이다.

경찰은 실적을 챙기고 자신들은 정보를 얻는다.

당연히 경찰은 단속 실적이 계속 나오니까 박멸까지는 하지 않는다.

"이것도 마찬가지인 거죠."

자잘한 잡범들의 아이피를 던져 줘서 그걸로 실적을 채워 주고 메인은 감춰 두는 것이다.

경찰은 그걸 받아 들고는 메인은 모른 척 넘어가는 것이고.

"뭐, 예상하지 못한 상황은 아닙니다만."

"그래서 지금까지 이놈들을 박멸하지 못한 거잖아요. 그런데 어떻게 잡으시려고요? 경찰에서도 이건 방법이 없다고 손을 놔 버리던데."

사법권이 없는 변호사라는 특성상 추적은 한계가 있다.

"제가 추적하지는 않을 겁니다."

"네?"

"제가 추적할 필요가 없어요. 강제로 경찰이 추적하게 만들어야지요."

노형진은 자신 있게 말했다.

⚖

노형진은 해당 공문서, 그러니까 해당 아이피가 공공시설이라는 공문서를 확인했다.

그리고 그중에서 적당한 것을 몇 개 골랐다.

"일단 이 세 가지로 하지요."

그중 하나는 군부대, 다른 하나는 시청, 마지막은 서울에 있는 최고가의 주택이었다.

"이미 이건 가짜 아이피인 걸 확인하셨잖아요."

"가짜요? 누가요?"

"네?"

노형진의 말에 고연미는 당황해서 물었다.

딱 봐도 가짜 아닌가?

"아니, 그러니까 이건 가짜 아이피라고 누가 확인했느냐고요."

"딱 봐도 가짜잖아요."

"아니요, 가짜 아닙니다."

"하지만……."

"가짜라는 건 그게 확실하게 가짜라는 증거가 있어야 하지요. 하지만 우리는 이걸 가짜라고 추정하고 있을지언정 확정은 못 했지요."

노형진은 그걸 확인하면서 미소 지었다.

"그리고 그 때문에 우리는 이 아이피상의 책임자를 리벤지 포르노 유포 혐의로 고소할 수 있지요."

"그게 무슨 말도 안 되는 소리예요?"

"말이 안 되긴요. 이 아이피는 경찰의 협조 요청에 해당 업체가 제공한 거 맞지요?"

고연미는 고개를 끄덕거렸다.

분명 이 아이피는 그 해당 업체가 경찰에 제공한 게 맞다.

"그러면 이게 틀렸다고 그쪽에서 말해 주지 않았지요? 도리어 이게 맞다고 했고요."

"그렇지요."

"그리고 경찰의 아이피 추적 결과 이 주소가 나왔고요."

"그래요."

"그러면 뭐가 문제인 겁니까?"

"네?"

“고소 사실이 바뀌었지 않습니까?”

맨 처음에 고소한 것은 인터넷상의 누군지 모르는 대상에 대한 고발이었다.

그러나 협조받은 사항을 통해 주소가 확인되었다.

“그리고 그 말은 범인이 특정되었다는 거지요. 가짜인 게 아니라.”

“그건…….”

“가짜라고 주장할 수는 있지요. 그런데 그 말은, 그 해당 사이트에서 가짜를 줬다고 주장해야 합니다. 우리는 변호사로서 그쪽에서 제공한 정보를 믿은 것뿐이지요.”

노형진은 그렇게 말하면서 새로운 고소장을 꺼내 들었다.

그 고소장을 읽어 본 고연미는 입을 쩍 벌렸다.

“이걸 하시려고요?”

“못 할 거 있습니까? 제가 뭐 잘못한 거 있나요? 저는 법대로 한 것뿐입니다만. 협조를 받아 가면서 말이지요.”

“그건 그런데…….”

혀를 끌끌 차는 고연미.

하지만 이내 마음을 강하게 먹었다.

지금 이 사건을 처리하지 못하면 하영주는 죽는다.

하영주뿐만이 아니라 소수의 미친놈들 때문에 매년 많은 사람들이 자살을 선택한다.

“이게 무슨 의미가 있는지 모르지만 하영주 씨를 도와줄 수 있는 방법이겠지요?"

"확실하게요."

"좋아요, 하겠어요. 그러면 어떻게 해야 하나요?"

"우리는 이걸 바로 검찰로 가지고 갈 겁니다, 후후후."

포항시 시장인 정장수는 그날도 평소처럼 업무를 하고 있었다. 그런데 갑자기 바깥에서 시끄러운 소리가 들려왔다.

"자, 잠깐만요! 지금 뭐 하시는 거예요!"

"여기는 들어가시면 안 돼요!"

"들어가지 마세요!"

"여기는 시장실입니다!"

다급하게 들리는 목소리. 분명 비서진의 목소리였다.

"응? 뭐지?"

정장수는 고개를 갸웃했다.

"또 민원인이 막무가내로 밀고 들어오기라도 했나?"

가끔 그런 경우가 있다. 민원인이 힘으로 밀고 들어오는 경우 말이다.

물론 정장수 입장에서는 반갑지 않은 일이다.

"오늘도 일진이 사납구먼."

정장수는 무심결에 혀를 끌끌 찼다.

하지만 그는 몰랐다. 오늘 그의 일진은 그 어느 때보다 사납다는 것을 말이다.

쾅!

요란한 소리와 함께 문이 열리며 안으로 들어오는 건장한 사내.

"정장수 씨?"

"그렇습니다만. 무슨 일이지 모르지만 이렇게 시장실로 밀고 들어오는 것은 절대 좋은 방법이 아닙니다. 모든 것은 법적인 절차를 거쳐서……."

한두 번 당하는 일이 아니기에 정장수는 차분하게 설득하면서 그를 내보내려고 했다.

그러나 문을 박차고 들어온 사람, 그러니까 오광훈은 피식 웃었다.

"우리는 지극히 법적인 과정을 거쳐서 하는 일입니다만."

"그게 무슨 말씀입니까? 시장실에 막무가내로 들어오면서 법적인 과정이라니요?"

오광훈은 자신의 신분증과 영장을 내밀었다.

"정장수, 당신을 리벤지 포르노 유포 혐의로 체포한다. 당신은 변호사를 선임할 수 있고 묵비권을 행사할 수 있으며 당신이 한 말은 법정에서 불리하게 사용될 수 있다."

"뭐, 뭐라고? 잠깐만! 그게 무슨 소리야! 리벤지 포르노라니!"

정장수는 당황했다.

그런데 당황한 것은 그뿐만이 아니었다.

다급하게 들어오던 직원들, 특히나 여성 직원들은 리벤지 포르노라는 말에 놀라움과 극단적 혐오감을 드러냈다.

"리벤지 포르노? 그게 대체 무슨 소리야! 잠깐! 난 안 했다니까! 말도 안 되는 소리 하지 말라고!"

"말도 안 되는 게 아니지. 이미 아이피랑 모든 게 확인되었어. 조용히 가자고."

"놔! 놓으라고! 내가 누군지 알아!"

다급하게 저항하는 정장수.

그런 그에게 오광훈은 당당하게 영장을 내밀었다.

"네가 누군지는 알지. 그러면 넌 이게 뭔지 알아?"

체포 영장. 그 안에 담겨 있는 무거움을 모를 정장수가 아니다.

"나는 억울합니다!"

내가 누군지 아느냐고 성을 내던 정장수는 그걸 보고 급속도로 쭈그러들었다.

체포 영장이 나왔다는 것만으로도 정치적으로 엄청나게 부담이기 때문이다.

"후우."

오광훈은 잠깐 심호흡을 했다.

그리고 따라온 수사관들에게 손짓했다.

그런 뒤 의자를 가지고 와서 정장수를 앉히고 자신도 맞은 편에 앉았다.

“정 시장님, 툭 까고 말하겠습니다. 저도 이런 거 하기 싫어요. 세상에 맘 편하게 시장한테 수갑 채울 검사가 어디에 있습니까?”

“그런데 왜 이러는 겁니까?”

오광훈이 슬쩍 약해지는 듯하자 정장수는 어떻게 해서든 그 기회를 잡으려고 했다.

상황을 알아야 해결할 수 있는 일이니까.

“리벤지 포르노 수사를 했는데 경찰에서 정장수 시장님을 특정했습니다. 정확하게는, 여기 아이피를 특정했어요.”

“여기 아이피요?”

“네. 확인해 보니까 그 시간에 여기에 있었던 사람이 정 시장님뿐입니다.”

“아니, 제가 미쳤다고 시청 컴퓨터로 리벤지 포르노를 뿌립니까!”

미치지 않고서야 어떤 미친놈이 그런단 말인가?

세상에 아무리 미쳐도 공직용 컴퓨터로 리벤지 포르노를 뿌리는 사람은 없다.

“저도 그렇게 믿고 싶어요. 하지만 경찰에 몇 번이나 확인했습니다. 여기 맞아요. 그래서 체포 영장이 나온 거고요.”

“그, 그런…….”

"저도 영장이 나왔으니까 집행해야 하니, 저한테 뭐라고 하지 마시고요."

"이건 누명입니다! 누명이에요!"

오광훈은 머리를 긁적거렸다.

"그럴 수도 있지요. 하지만 거기서 벗어나는 건 정장수 시장님이 해야 하는 일입니다. 영장이 나온 이상 저도 방법이 없어요."

"그, 그런……."

당황해서 어쩔 줄 몰라 하는 정장수에게 오광훈은 핵폭탄을 하나 더 던졌다.

"저도 이상해서 일단 기자들은 막아 놨습니다."

"기자요?"

"시장이 리벤지 포르노 뿌리는 게 이만저만 큰일입니까?"

정장수는 손이 부들부들 떨렸다.

선거를 통해 시장이 되었다.

그런데 만일 그가 리벤지 포르노와 관련되어 있다는 식으로 이야기가 나가면 그는 망한다.

설사 무죄라고 할지라도 표가 이탈하는 것은 어쩔 수가 없다.

리벤지 포르노라는 것 자체가 여성들에게는 공포와 극혐의 대상이기 때문에 그에 관련되었다는 것 자체만으로 자신을 거를 테니까.

"오 검사님, 나 진짜 억울한 사람입니다. 상식적으로 여기서 내가 왜 리벤지 포르노를 뿌리겠습니까?"

"압니다. 말이 안 되기는 하지요. 하지만 경찰이 여기를 특정해서 넘겼고 그걸 바탕으로 체포 영장이 나왔으니, 저는 집행해야 합니다."

"안 됩니다. 여기서 잡혀가면 저는 진짜 큰일 납니다."

"으음……."

오광훈은 잠깐 생각하는 듯했다.

물론 이 모든 절차와 과정 그리고 포섭 방법은 다 노형진이 알려 준 것이다.

일단 채찍을, 그다음에는 당근을, 그리고 마지막에 사탕을 주면서 이쪽으로 끌어당기는 전략.

"시장님, 여기 사람들 믿을 만합니까?"

"네?"

"이렇게 하지요. 저도 이거 집행 못 하면 언론으로 새어 나가는 거 못 막습니다. 그렇다고 미심쩍은 상황에서 그냥 수갑을 채우기도 그렇고."

그렇게 말하면서 오광훈은 고개를 돌려서 당황한 채로 덩그러니 서 있는 비서진을 바라보았다.

"여기 분들이 비밀만 지켜 주신다면 수갑은 빼고 그냥 동행으로 처리하지요."

"동행?"

"네. 영장이 나온 건 감추고 우리가 동행하는 것으로요.

그러면 이상한 소문도 안 날 겁니다."

정장수는 무서운 눈빛으로 비서진을 바라보았다.

그들만 입을 다물면 일단 지금은 넘어갈 수 있다.

그리고 지금만 넘어가면, 그에게 누명을 씌운 멍청한 놈을 잡아서 족칠 수 있다.

'그래, 검사가 멍청한 짓은 하지 않겠지.'

검사의 말이 맞다.

영장이 나왔는데 집행을 하지 않을 수는 없다.

당장 검사도 으름장을 놓으면서도, 그를 체포하는 것에 부담을 느끼는 듯했다.

그러니 이 기회를 이용해야 한다.

"이 사람들은 철저하게 제 사람들입니다."

정장수는 그렇게 말했다.

물론 그 말은 오광훈에게 한 말이 아니라 뒤에 서 있는 비서진에게 한 말이었다.

그들에게 입 다물라고 말이다.

"좋습니다. 그러면 저희는 간단한 서면조사만 한 걸로 하고, 이따가 서울지방검찰청으로 와 주십시오. 원래는 정식으로 수갑을 채워서 빽차…… 아니, 경찰차로 호송해야 하지만, 도주는 하지 않으실 테니까요."

"그러지요."

"혹시 모르니 수사관 한 명을 두고 가겠습니다. 그와 동행하여 오시면 됩니다."

오광훈은 마지막 사탕을 두고 자리에서 일어났다.

"그럼 서울에서 뵙겠습니다."

"고맙소, 오 검사! 이 은혜는 내 절대 잊지 않으리다."

"그런 건 안 바랍니다. 다만 빨리 누명을 씌운 범인을 잡았으면 좋겠네요."

씁쓸하게 웃으며 나가는 오 검사.

오광훈이 나가고 나자 정장수는 홀로 남은 수사관을 바라보았다.

"죄송한데 잠깐 자리를 비워 주실 수 있는지요?"

"그러지요."

수사관은 고개를 끄덕거리고 자리를 비웠다.

그리고 이내 시장실에는 정장수와 그의 비서진만 남았다.

"찾아."

정장수의 입안에서 부서진 이빨이 튀어나왔다.

얼마나 이를 악물었는지, 마치 동굴처럼 방 안에 빠드득 소리가 울렸다.

"나한테 이따위 죄를 뒤집어씌운 새끼 찾아! 무슨 수를 써서라도 그 새끼를 찾아!"

"알겠습니다."

비서들은 격하게 고개를 끄덕거렸다.

박혁우 중장은 너무 어이가 없어서 헛웃음이 나왔다.

"이 보고가 사실이야?"

"네, 검찰청에서 온 연락입니다."

박혁우 중장은 고개를 돌려서 바짝 얼어붙어 있는 남자를 바라보았다.

"조우현 대위, 이거 어떻게 생각해?"

"장군님! 아닙니다! 절대 아닙니다!"

"절대 아냐? 그런데 이건 뭐야? 뭐? 리벤지 포르노? 아니, 신성한 국방부 컴퓨터로 포르노를 팔아?"

박혁우 중장은 너무 어이가 없었다.

군 생활을 하면서 미친놈은 많이 만나 봤다. 하지만 국방부 컴퓨터로 포르노를 팔다니?

"이 새끼야, 일본 야동은 집에서 딸치는 데 써야지 왜 팔아먹어!"

"저는 절대 아닙니다, 장군님!"

고작 대위가 장군에게 할 말은 아니지만 조우현은 진짜 억울해서 미칠 것 같았다.

자신이 진짜 팔았다면 또 모르지만, 갑자기 헌병에게 개처럼 끌려와 알지도 못하는 일로 인생 종 치게 생겼다.

"장군님."

박혁우 옆에 있던 중령이 곤혹스러운 듯 말을 꺼냈다.
“일본 포르노가 아닙니다.”
“뭐? 일본 포르노가 아냐? 그럼 미국 거냐? 그래서 뭐가 달라지는데?”
“미국 거도 아닙니다. 한국 겁니다. 누군가 몰래 촬영한, 민간인 여성과의 성관계 장면입니다.”
박혁우는 순간 너무 황당해서 말을 못 하다가 소리를 버럭 질렀다.
“이 미친 새끼야! 너 죽으려고 환장했어? 일본도 아니고 미국도 아니고! 민간인 걸 몰래 찍어서 팔아? 이 개 같은 새끼가!”
결국 발끈한 박혁우는 눈앞에 있는 팻말을 들어서 조우현에게 집어 던지려고 했다.
조우현은 그걸 보고 눈을 질끈 감았다.
직감적으로 그걸 피하면 더 큰 일이 벌어진다는 걸 알았던 것이다.
그는 눈을 질끈 감고 온몸을 딱딱하게 굳혔다.
그런데 다행히 옆에 있던 중령이 그를 구해 줬다.
“진정하십시오, 장군님.”
“진정? 지금 내가 진정하게 생겼어?”
“진짜로 조우현 대위가 한 게 아닙니다.”
“그러면 거기 중대장실 컴퓨터를 저놈 말고 누가 쓴다는

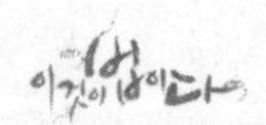

거야!"

중대장실 컴퓨터. 빼도 박도 못할 상황이었던 것이다.

중대장실 컴퓨터를 만지는 것은 중대장뿐이니까.

그러나 오늘만큼은 조우현은 빡빡한 군 생활 시기가 너무 감사하게 느껴졌다.

"그 당시에 조우현 대위는 대대 ATT 중이었습니다."

"대대 ATT?"

"그렇습니다. 그 기간에 그는 그곳에 없었습니다, 장군님."

대대 ATT, 즉 대대 전투력 측정 훈련.

그건 전 대대가 총동원되어서 사단장의 심사하에 전투력을 측정하는 훈련이다.

대대장 입장에서는 승진이 걸려 있는 주요한 훈련이기 때문에 중대장이나 소대장 같은 장교는 부모가 죽기 전에는 그 훈련에서 빠질 수도 없다.

심지어 다른 곳으로 이탈할 수도 없는 게, 일주일의 훈련 기간 내내 측정관이 바로 옆에서 따라다니면서 모든 걸 다 두 눈으로 보고 점수를 매긴다.

"그러면 그 당시에 부대는?"

"비어 있었습니다."

"뭐라고?"

"아무도 없었습니다. 그 당시 기록에 따르면 열외자는 환자 세 명뿐이었고, 그 환자들은 의무대에 있었습니다."

"그런데 그때 누가 그 리벤지 포르노인지 뭔지를 뿌렸단 말이야?"

이건 도무지 말이 안 된다.

설사 대대가 훈련을 나간다고 해도 그곳이 완전히 비지는 않는다.

생활관 자체는 비지만 그들이 감시하던 방어 라인과 초소는 다른 대대에서 커버하기 때문에 누구도 그곳에 들어갈 수도 없고 들어가서도 안 된다.

그런데 누군가 들어가서 그걸 뿌렸다?

"그럼 일이 어떻게 되는 거야?"

박혁우 중장의 말에 중령은 심각한 표정이 되었다.

"둘 중 하나입니다."

"둘 중 하나?"

"첫 번째는 우리 방어선이 뚫렸거나, 나머지 하나는……."

중령은 거기까지 말하고는 침묵을 지켰다.

사실 첫 번째 가능성은 낮다.

방어선을 뚫고 거기까지 가서 포르노를 팔아먹고 떠난다는 건 논리적으로 말이 안 된다.

말이 되는 것은 단 하나.

"하나는?"

"해킹입니다."

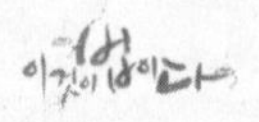

박혁우 중장의 온몸에 소름이 돋았다.

군대에서 보안은 무엇보다 중요하다.

하물며 군 회선이다.

인터넷이 되기는 하지만, 군 회선은 모든 것이 감시 대상이다.

"감시는?"

"변동이 없습니다."

"수사 결과가 이렇게 나왔는데 변동이 없다는 게 말이나 돼?"

될 리가 없다.

그런 경우 설명 가능한 것은 단 하나, 군의 감시 능력을 넘는 해킹이다.

그리고 그걸 조롱하기 위해 포르노를 판 거라면…….

"기무사 불러."

박혁우는 이를 빠드득 갈았다.

"국방부에 보고한다. 안기부에도 연락하게 보고서를 준비해."

군의 인트라넷이 뚫렸다.

이건 대한민국 국방부가 발칵 뒤집어질 일이었다.

"어떻게 해서든 잡아야 한다. 어떻게 해서든!"

⚖

성조공 과장은 다급하게 달려왔다. 그는 아들이 고발당했다는 사실에 정신이 아득해졌다.

"형사님! 우리 홍수는 그런 적이 없다니까요!"

"그럴 리가요. 몰래 하셨나 보죠."

"아니, 그 녀석은 공무원을 준비하는 놈입니다. 그런 멍청한 짓을 할 리가 없어요."

공무원을 준비하는 사람이 전과라도 하나 달면 그 문제는 무척이나 심각해진다.

현실적으로 공무원 시험에서 통과해도 신분 검사에서 걸리기 때문에 절대로 공무원이 될 수가 없다.

"저도 안 했어요! 지금 제가 미쳤다고 그딴 짓거리를 합니까?"

아들인 성홍수 역시 억울해서 미칠 지경이었다.

까딱 잘못하면 그동안 공부한 모든 게 다 날아가게 생겼으니까.

"하지만 여기에 보시다시피 조사 결과가 나왔잖아요."

경찰은 시큰둥하게 서류를 내밀었다.

"이 자료에 따르면 그 아이피에서 리벤지 포르노를 판매했는데, 그곳에서 컴퓨터를 쓰는 사람은 두 분뿐이라면서요?"

"그건 그런데……."

물론 엄마가 있기는 하지만 여자인 그녀가 리벤지 포르노를 팔 가능성은 거의 없다.

결국 남자인 두 명 중 하나다.

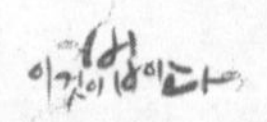

"솔직히 말씀드리면 보통 이런 경우는 아드님이 많이 합니다. 어르신들은 익숙하지 못해서요."

성조공의 시선이 아들에게 향했다.

물론 아들은 펄쩍 뛰었다.

"아빠! 내가 미쳤어요? 내가 왜 그걸 팔아요! 거기에다가 제가 원하는 게 검찰행정직인데!"

"그, 그렇지?"

"제가 그런 놈으로 보여요?"

"그럴 리가 없지."

자기 아들이기는 하지만 이런 짓을 할 놈은 아니다.

수재는 아니라지만 그래도 나름 공부도 꽤 하는 편이었고, 올해 시험에서 합격할 가능성이 높다고 학원 선생님들도 그랬다.

그런데 검찰행정직을 지원하는 놈이 미쳤다고 리벤지 포르노를 팔아먹겠는가?

"진짜 저는 억울하다고요!"

"하지만 아이피가 거기잖아."

"아, 진짜! 미치겠네. 아이피가 거기인 건 저도 알아요! 하지만 제가 안 했다니까요!"

"안 했다고 말만 하면 내가 어떻게 믿니? 내가 바보도 아니고. 도둑이 도둑질했다고 하는 거 봤어?"

경찰은 혀를 끌끌 찼다.

이런 범죄를 한두 번 본 게 아니다.

하지만 대부분은 자기는 안 했다고, 자기는 모른다고 발뺌한다.

“내가 본 놈 중에는 자기 딸내미가 팔아먹었다고 주장하는 놈도 있었다. 그런데 그 딸내미가 고작 세 살이었어.”

“아니, 그런 미친놈들하고 비교하면 전 진짜 억울해요!”

“진짜 미친놈들하고 비교하면 억울할 수는 있는데, 내가 봐서는 결국 증명 못 하면 범인은 너야.”

“와, 미치겠네!”

펄쩍 뛰는 성홍수.

본인이 그런 짓을 하지 않았다는 걸 증명하기 위해서는 그 시간에 거기에 없었다는 걸 증명해야 한다.

그런데 문제는, 그 시간에 그가 집에 있었다는 것이다.

그것도 혼자.

“아빠, 진짜 저 억울해요!”

인생을 망치게 생긴 성홍수는 아버지인 성조공을 붙잡고 대성통곡을 했다.

물론 성조공도 자식을 편들어 주고 싶었다.

문제는 방법이 없다는 것.

“형사님, 진짜 방법이 없습니까?”

“아니, 진짜로 방법이 없다니까요. 다른 경찰이 이미 수사 끝내고 저희한테 넘긴 겁니다. 이쪽에서는 이 아이피를 확인했고요. 이러면 리벤지 포르노 유포로 처벌받으셔야 합니다."

리벤지 포르노 유포는 심각한 범죄다.

그리고 현행법상 내려받은 리벤지 포르노를 재유포하는 경우 똑같이 처벌받게 되어 있다.

"미치겠네."

"엉엉엉."

방법이 없다 보니 성조공은 가슴만 치고, 성홍수는 정 줄 놔 버리고 대성통곡을 하기 시작했다.

그들의 인생은 완전히 망가진 것 같아 보였다.

"진짜로 하지 않으셨어요?"

"네?"

누군가의 목소리.

경찰은 고개를 들어서 그 상대방을 바라보았다.

"아, 고 변호사님. 오셨어요?"

"고 변호사님?"

"어…… 음……."

곤란한 표정으로 바라보는 경찰.

그러자 고연미가 먼저 자신을 소개했다.

우연처럼 행동하기는 했지만 우연이 아니니까.

애초에 그들이 온 걸 확인하고 찾아온 길이었다.

"고발한 피해자 측의 변호사입니다."

딱딱하게 얼굴이 굳는 두 사람.

쉽게 말해서 자신의 인생을 망치는 원흉이라는 소리니까.

하지만 고연미는 그들의 인생을 망치러 여기까지 온 게 아니었다.

"억울하다고 하셨다면서요?"

"제 아들은 그럴 아이가 아닙니다."

"흠……."

고연미는 고민하는 듯 턱을 만지며 생각하다가 옆에 있던 의자를 가져다가 앉았다.

"그러면 확실하게 증명하실 수 있어요?"

"방법이 없지 않습니까?"

"방법이 있다고 하면 하시겠어요?"

"고 변호사님?"

경찰은 고연미의 말에 어리둥절했다.

그녀는 피해자의 변호사다.

그런데 가해자들에게 해결책을 제시하다니, 이해가 되지 않았기 때문이다.

"이들은 가해자인데요?"

"이 사건에서는 가해자가 아니라 용의자이지요."

"그건 그런데요. 그래도 고 변호사님은 피해자 측의 변호사이시지 않습니까?"

"그건 맞아요. 하지만 피해자는 범인을 잡아 달라고 했지

생사람을 잡아 달라고 하지는 않았어요. 변호사라고 해서 일단 아무나 하나 범인으로 만들 생각은 없답니다."

"그렇게 말씀하신다면야……."

입맛을 다시는 경찰.

고연미는 그렇게 말하고는 그 두 사람을 바라보았다.

"일단 두 분의 사건은 제가 도와드리지 못해요. 이건 형사사건이고, 저는 피해자의 대리인입니다. 두 분의 대리는 못한다는 거지요."

"그런데 어떻게 방법이 있다는 겁니까?"

"대리는 못 하지만 법률적 조언은 해 드릴 수 있습니다."

고연미는 노형진이 알려 준 대로 그들을 슬슬 포섭하기 시작했다.

그렇게 함으로써 진짜 범인을 압박하기 위해서다.

"일단 두 가지 방법이 있어요."

"두 가지?"

"네. 하나는 디지털 포렌식 조사죠."

"디지털 포렌식요?"

"네, 쉽게 말해서 거기에 있는 컴퓨터에 있던 모든 파일을 복구하는 겁니다."

디지털 포렌식 조사를 하면, 일반적인 컴퓨터라면 삭제했다고 해도 그 안에 있던 대부분의 파일을 복구할 수 있다.

아예 새것으로 바꾸는 건 대놓고 증거인멸이 된다.

"웹 하드에 올렸다는 건 그 영상 파일이 컴퓨터 안에 있었다는 걸 의미하지요."

그런 경우 아주 오래된 게 아닌 이상 디지털 포렌식으로 조사하면 나오지 않을 수가 없다.

노형진이 이번 사건을 아주 빠르게 처리하고 있기 때문에 사건 자체는 얼마 되지 않았다.

"그렇다면……."

"포렌식 기법으로 조사했는데 아무것도 나오지 않는다면, 일단 한고비는 넘은 거지요."

"그거 비용이 비쌉니까?"

"싸지는 않아요."

"그래도 하겠습니다."

지금 자기 아들 인생이 날아가게 생겼는데 돈이 문제일 리가 없다.

"나머지 하나는, 인터넷 회사에 통신 기록 조회 요청을 하는 거예요."

"통신 기록요?"

"인터넷 통신은 일종의 쌍방향통신이지요."

전화로 치면 전화로 대화하는 것과 같다.

그러니까 아이피가 남아 있고 그 기록으로 범인을 특정할 수 있는 거다.

"그 말은, 인터넷 회사에서는 그 시간에 그 아이피와 통신

한 다른 곳의 주소 역시 가지고 있다는 거거든요."

그러니 그 기록을 요청하면 그 당시에 거래한 아이피가 나와 죄를 벗을 수 있다는 것이다.

"고맙습니다!"

그거라면 확실하게 누명을 벗을 수 있겠다는 생각에 성홍수는 눈을 크게 떴다.

그러나 고연미는 진지한 눈으로 그런 성홍수를 바라보았다.

"아직 이야기가 안 끝났어요."

"네?"

"이 모든 건 경찰에 고발을 통해 진행해야 해요. 아시다시피 개인이 달라고 해서 받아서 제출하는 건 조작의 위험이 있거든요."

성조공과 성홍수는 경찰을 바라보았다.

대화를 가만히 듣고 있던 경찰은 그들이 뭘 원하는지 알고 고개를 끄덕거렸다.

"뭐, 제출하려면 제출할 수도 있지만, 일단 개인이 제출한 건 국가에서 조사한 것보다는 공신력이 떨어지지요. 조작의 위험도 있고, 우리가 인정한 업체에서 나온 것도 아닐 테니까."

"그러면…… 누구를 고발해야 한단 말입니까? 그냥 조사해 주면 안 됩니까?"

고연미는 고개를 흔들었다.

"애석하게도 경찰은 범인을 잡는 곳이지 누명을 벗겨 주는 집단이 아니에요."

"그게 무슨 말입니까? 그게 뭐가 달라요?"

"다르지요, 아주. 일단 디지털 포렌식 기법 자체가 하는 데 돈이 좀 드니까."

당연히 그걸 예산으로 받아야 하는데, 이건 범인으로 의심되는 사람의 혐의를 벗겨 주는 행동에 속한다.

"이런 경우는 대부분 예산이 나오지 않지요. 안 그런가요, 수사관님?"

"아아, 좀…… 그렇기는 하지요."

경찰은 어색하게 머리를 긁었다.

그 말이 맞다. 혐의를 벗기는 데에는 예산이 거의 나오지 않는다.

그래서 벗겨 주려고 사비로 조사하는 경찰들도 종종 있는 수준이다.

"그러면 그 비용은 우리가 내는 건……."

"그게 문제예요. 사비로 낸다고 해도 일단 용의자시잖아요? 그러면 또 그게 허가가 나오지 않는단 말이지요."

"그러면 어쩌란 말입니까!"

너무 답답해서 소리를 지르는 성조공.

"아까도 말했다시피 고발하시는 거지요. 그 경찰을 고발하는 겁니다. 그러면 경찰은 그 경찰의 사건을 파고들어야 하는데, 그건 경찰 입장에서는 누명을 씌우는 게 아니니까요."

"자, 잠깐만요."

경찰은 듣다가 당황해서 손을 들어서 고연미를 말렸다.

"그건 좀 무리 아닙니까?"

"무리가 아니에요. 애석하게도 그 경찰, 부패 경찰로 의심받고 있어요."

"네? 그게 무슨 말입니까?"

고연미는 나지막하게 목소리를 낮췄다.

"제가 설마 놀러 온 거겠어요, 가해자들과 수다 떨러?"

"그건……."

확실히 말이 안 되기는 한다.

형사사건에서 피해자 측 변호사가 할 수 있는 일은 한정적이고 경찰에서는 진짜 할 일이 없다.

"그 사람이 부패 경찰로 의심받고 있는데 그걸 조사하는 기관이 국정원이라는 소문이 있어요."

그 말에 경찰은 흠칫했다.

일반적으로 부패 경찰은 경찰 내부의 감사 팀에서 수사한다. 그런데 갑자기 국정원이라니?

"그게 뭘 의미하는지 아시지요?"

"크흠……."

국정원에 추적받고 있다는 것.

그건 그가 부패해서 빼돌린 정보가 단순 사건 정보 수준을 넘어서 국가 기밀 수준이라는 것.

"그런 정보를 어떻게 얻은 건지 알 수는 없지만, 국정원이 낀 거 봐서는 거의 확실시되는 상황이에요."

듣고 있던 성조공과 성홍수는 입을 쩍 벌렸다.

자기들의 인생이 망가지게 생겼다고 억울하다고 울고 있었는데 갑자기 사건이 국가 레벨까지 올라갔다.

"수사관님도 조심하세요. 같은 경찰이라고 어설프게 이 사건 처리하면 수사관님도 대상이 될 수 있어요. 국정원이 그 사람 주변하고 관련 사건들을 다 싹 털고 있다고 하더라고요."

"크흠."

경찰은 헛기침을 했다.

보통 경찰이라고 하면 알게 모르게 팔이 안으로 굽는 것은 있다.

하지만 아무리 그래도, 이제는 몰락해 가는 국정원 추적 대상인 사람을 위해 자기 인생을 걸 경찰은 없다.

"알겠습니다. 그래서 오신 거군요."

"네. 아무래도 이상하잖아요, 도대체 국정원까지 끼어들 정도의 사건을 저지른 사람이 고작 회사원, 혹은 고시생한테 죄를 뒤집어씌운다는 게."

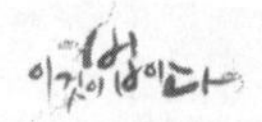

"그건 그러네요."

고연미와 경찰의 말을 듣고 있던 성조공은 소름이 쫙 돋았다.

모든 게 하나씩 연결되는 느낌이었다.

"저기……."

"네? 왜 그러세요?"

"그게…… 제가 다니는 회사가……."

"회사는 이번 사건과 관련이 없을 것 같은데요."

아이피에 나오는 것은 주소일 뿐 그 주소지에 사는 사람의 회사가 아니다.

그러니 이번 사건과는 보통 관련이 없다.

그러나 다음 말에 수사관은 얼어붙을 수밖에 없었다.

"제가…… 다니는 회사가…… 방산 업체입니다."

"네?"

"방산 업체에 다닌다고요."

방산 업체. 정확하게는 방위산업을 경영하는 사업체.

그러니까 군사용품을 담당하는 업체라는 거다.

"어…… 음……."

고연미는 살짝 당황한 듯했다.

얼핏 보면 놀란 것 같았다.

사실 놀란 것은 맞다. 그냥 찍은 건데 소가 뒷걸음질 치다가 쥐 잡은 꼴이었으니까.

'원래는 그냥 업무상배임으로 고발하는 거였는데?'

그런데 방산 업체 사람에게 죄를 뒤집어씌우는 거라면 이야기가 달라진다.

그런 약점을 가지고 정보를 뜯어내는 건 흔한 일이니까.

"어, 저는 아무래도 여기서 더 이상 말하면 안 될 것 같네요."

고연미는 슬쩍 뒤로 빠졌고, 떨떠름한 표정으로 있던 수사관은 그들에게 새로운 종이를 내밀었다.

"일단 그 경찰에 대한 고발부터 시작합시다."

좋은 게 좋은 건 줄 알았냐?

"그래요? 그건 진짜 운이 좋았네요."

"운이 좋은 정도가 아니라 그 경찰서가 날아가게 생겼는데요."

"날아가라지요."

노형진은 피식 웃으며 말했다.

"돈 받아 처먹고 사건 은폐하는 순간부터 자기 목숨 줄 걸고 하는 짓거리 아닙니까?"

고연미는 고개를 갸웃했다.

"돈 받았다는 증거는 없잖아요. 사실 가짜 아이피를 받아서 그걸 조사하고 종결 처리한 것뿐이지."

노형진은 코웃음 쳤다.

"그래서 뭐가 달라집니까? 그 새끼들이 일하기 싫다고 일하지 않은 거라고 해서 뭐 달라지는 건 없는 것 같은데요."

"그건 그러네요."

피해자는 자살의 위기에 처해 있다.

아무리 돈을 받지 않았다지만 그걸 알면서도 일하기 귀찮다는 이유로 경찰이 가짜 아이피를 받고 대충 사건을 종결처리했다는 것은 범죄를 은닉한 것과 똑같은 짓이다.

"더군다나 그 아이피 기록을 딱 받았을 때, 경찰들이 그게 가짜라는 걸 몰랐을까요?"

"몰랐을 리가 없지요."

물론 민간 주택 같은 곳이라면 모를 수도 있다.

하지만 뜬금없이 시청에 군부대가 나왔는데 가짜인 걸 모를까?

"그리고 우리가 추적하는 건 헤비급 업로더입니다. 그 말은, 그 인간에 대한 고소 고발이 엄청나게 많다는 거지요."

당연하게도 경찰의 눈에 그 아이디와 닉네임은 잘 보이고 잘 눈에 뜨일 수밖에 없다.

"경찰도 아이디를 분명 기억하고 있을 겁니다. 그런데 매일같이 고소가 들어오는 사람의 아이피를 달라고 할 때마다 다 다른 걸 내놔요. 그건 대놓고 가짜라는 소리 아닙니까?"

당연히 경찰은 그 아이피를 이용해 파고들어 헤비 업로더를 잡아야 한다.

그런데 잡지 않았다.

즉, 알면서도 모른 척하고 있었다는 소리다.

"대놓고 업무상배임을 하는 겁니다. 저는 그런 놈들 가만 두고 싶지 않습니다. 이번에 하영주 씨 사건뿐만이 아니잖아요."

리벤지 포르노는 사회적으로도 심각한 문제다.

막말로 어지간한 사람들은 다 카메라를 들고 다니는 상황이다 보니 몰래 찍으려고 하면 못 찍을 게 없는 게 현실이다.

"누군가는 사랑의 기록이라고 하겠지요. 하지만 개소리하지 말라고 하세요."

사랑의 기록이 아니다.

"제가 경험한 사건을 보면 말입니다, 대부분 리벤지 포르노를 찍으려고 하는 놈들은 여차하면 그걸 무기로 삼으려고 하는 새끼들입니다."

상대방이 자신을 떠나지 못하게 하기 위해, 또는 상대방이 자신을 떠났을 때 복수하기 위해 리벤지 포르노를 찍는 거지 진짜 사랑해서 찍는 경우는 드물었다.

"아니, 정확하게는 진짜 사랑하는 사람이라면 헤어지는 순간 영상을 지워 버리겠지요."

"그건 그러네요."

그런 경우는 당연히 퍼질 수도 없으니 문제가 안 된다.

"물론 당사자 간에 합의하는 경우도 있겠지요. 뭐, 성적

취향이라는 건 제각각이니까."

그렇게 촬영을 하면서 성적인 흥분을 높이는 커플도 분명 존재한다.

"하지만 현명한 방식은, 관계가 끝나면 무조건 지우는 겁니다."

자기들이 뿌리고 싶지 않다고 해도 영상이 저장되어 있는 핸드폰을 잃어버리거나 컴퓨터를 수리하러 맡기면서 새어 나가는 경우도 많다.

"결국 과학의 발달로 연인끼리도 서로를 믿지 못하는 세상이 되어 버렸네요."

"글쎄요. 저는 그렇게 생각하지 않는데요."

"네?"

"이런 말이 있지요. 술은 사람을 바꾸지 않는다. 그저 본성을 드러낼 뿐이다. 저는 과학기술 역시 마찬가지라고 생각합니다."

촬영 기술이 발달하고 몰카가 발달했다고 해서 다 그러는 게 아니다.

다만 병신들이 하는 짓거리에 하나가 늘어났을 뿐이다.

"아마 그런 놈들은 다른 방법으로라도 똑같이 협박질을 했을 겁니다. 팬다거나 강제로 문신을 새긴다거나."

"그렇기는 하겠네요. 옛날에는 그런 사건이 제법 많았지요."

고연미는 질렸다는 듯 혀를 찼다.

세상이 아무리 바뀌어도 미친놈은 미친놈이라고 생각하면서 말이다.

"그러면 이제 우리는 어떻게 해야 하나요?"

"일단은 남궁한수에 대한 민사소송에 집중합시다."

"네? 어째서요?"

이미 모든 떡밥은 다 던져 놨고 이제 그쪽이 싹 털릴 일만 남았다.

그런데 갑자기 멈추자니?

"그쪽이 털리는 건 삭제에 관련된 부분이니까요."

"아하!"

"그리고 그쪽은 알아서 굴러갈 겁니다. 그사이에 삭제 비용하고 하영주 씨 수술 비용을 벌어야지요, 후후후."

⚖

경찰서는 난리가 났다.

서장은 위에서 줄줄이 깨고 내려온 압력에 정신이 날아가 버릴 정도였다.

"너 이 새끼, 미쳤냐? 응? 다른 사람도 아닌 포항시장을 엮어?"

"아니…… 저기, 그게요."

그 사건을 담당했던 형사는 진땀을 뻘뻘 흘렸다.

'아, 씨발. 일이 어쩌다가…….'

아이피를 준 건 웹 하드 업체였다.

그런데 파고들어 보니 가짜였다.

물론 그런 경우 웹 하드 업체에 다시 요청하거나 웹 하드 업체에 대한 압수 수색을 요청하거나 하는 식으로 다시 사건을 수사해야 하지만, 받아먹은 것도 있고 그런 식으로 덮어 버리는 사건이 한두 개가 아니다 보니 그냥 대충 혐의 없음으로 넘겨 버렸다.

그런데 그 아이피를 가지고 새론에서는 다른 경찰서에 고발해서 제대로 엮어 버린 것이다.

사실 아이피 하나만 가지고 그 아이피 주소의 주인이나 운영자의 소환 없이 혐의 없음이 나오는 것은 여러모로 따지고 들면 문제가 될 수밖에 없다.

가령 시청이라고 하면, 상식적으로 누가 거기서 리벤지 포르노를 뿌리겠느냐고 생각하겠지만 미친 짓을 하는 놈들은 어디에나 있기 마련이기에, 그 아이피 주소의 담당자를 한 번은 불러서 조사해야 한다.

하지만 그는 그러지 않았기 때문에 시장이 엮여 들어간 것이다.

"이 미친 새끼야!"

"서장님, 저는 진짜 억울합니다."

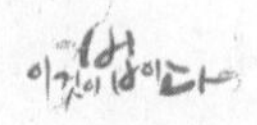

"억울? 억울? 너 이 새끼, 지금 억울하다고 했냐? 당장 다른 곳에서 네가 업무상배임으로 고발이 들어온 건 알아?"

"그, 그게……."

"그쪽에서 디지털 포렌식 조사에 인터넷 아이피 통신 기록까지 다 들고 왔어! 기록 없잖아! 그런데 그걸로 퉁쳤다는 게 말이나 되는 거야, 이 개자식아!"

"서장님, 이게요……."

담당 형사는 미치고 팔짝 뛸 것 같았다.

일이 이렇게까지 될 줄 알았다면 미쳤다고 일을 그딴 식으로 했겠는가?

"전 진짜 억울해요."

"억울한 건 나야, 이 새끼야! 너 때문에 내 승진이 막혔어!"

길길이 날뛰는 그때, 갑자기 문이 벌컥 열렸다.

그리고 검은색 양복에 검은색 선글라스를 쓴 사람들이 우르르 몰려들었다.

"뭐, 뭐야?"

당황하는 서장.

그리고 그들의 입에서 나온 말에 정신이 혼미해졌다.

"국정원에서 나왔습니다."

"국정원?"

"지금부터 이 사건은 우리가 담당합니다."

"네?"

"현 시간부터 경찰서의 모든 업무는 정지합니다. 또한 관련자들 모두의 신병을 우리가 구속합니다."

선글라스 너머로 차가운 눈빛을 보내는 국정원 요원.

"서장, 당신을 포함해서요."

"도, 도대체 무슨 일입니까?"

"리벤지 포르노 담당자, 누굽니까?"

서장의 눈이 천천히 앞으로 돌아가서 멀뚱하게 서 있는 남자에게 향했다.

그리고 그의 입에서, 비명에 가까운 고함 소리가 터져 나왔다.

"도대체 무슨 짓을 한 거야, 이 개새끼야!"

웹 하드 업체의 직원인 남주아는 벌벌 떨고 있었다.

집에 가는데 갑자기 시커먼 사람들이 다가와서 체포 영장을 내밀더니 다짜고짜 어디론가 끌고 왔기 때문이다.

그런데 이곳이 국정원이란다.

"이 아이피, 어디서 얻었습니까?"

"네?"

"이 아이피, 어디서 얻었습니까?"

종이에 적혀 있는 아이피를 내미는 요원들.

그걸 본 남주아는 침을 꿀꺽 삼켰다.

"제, 제가요…… 너무 많은 아이피를 처리해서 기억이 잘 안 나는데……."

"그러면 하영주 씨 리벤지 포르노 사건이라고 하면 압니까?"

"그, 그게……. 네, 알 것 같아요."

"이 아이피, 어디서 얻었습니까?"

"그건……."

남주아는 미친 듯이 머리를 굴렸다.

그리고 그게 어디서 나왔는지 기억해 냈다.

"그거, 과장님이 주신 거예요."

"과장님?"

"네, 그 아이피를 경찰에 넘기라고……."

"과장은 다른 이야기를 하던데요?"

"네?"

"바로 옆방에 있습니다. 이 아이피는 당신이 임의로 부여한 거라고 하던데요?"

"아, 아니에요! 진짜 아니에요! 제가 무슨 아이피를 부여해요! 전 그냥 행정 서류나 처리하는 직원이라고요!"

그녀는 경찰이 아이피를 요구하면 그걸 확인해서 넘기는 업무를 하는 직원이다.

당연히 그녀가 아이피를 부여하거나 할 자격은 없다.

"임의로 만들어서 붙인 거라고 하던데요?"

"그건 불가능해요!"

"그러면 왜 이런 아이피가 나온 거지요? 동일 인물의 행동인데 왜 다른 아이피가 나온 거냐고요!"

"그건……."

그녀는 눈을 데굴데굴 굴렸다.

하지만 이어지는 요원의 말에 포기할 수밖에 없었다.

"눈 굴리려면 얼마든지 굴려 보세요. 하지만 그 뒤끝은 상당히 안 좋을 겁니다. 지금 군 인트라넷 해킹 의혹이 있는 건 압니까?"

"해……킹요?"

"이건 국가 반역 행위로 사형까지 가능한 범죄입니다."

남주아는 다급하게 자신이 아는 모든 걸 말하기 시작했다.

"해킹 같은 거 몰라요! 저는 그냥 문과예요! 원하시면 진짜 졸업장이라도 보여 드릴게요! 문순이라, 컴퓨터도 거의 껐다 켤 줄만 아는 수준이라고요!"

"그런데 왜 이 아이피가 나온 겁니까?"

"그 아이피 주인, 아니 아이디 주인은 헤비 업로더예요. 회사에서 보호 대상이라 경찰에서 협조 요청이 와도 절대 진짜 아이피를 줄 수 없게 되어 있어요. 애초에 아이피 자체를 제가 확인할 수도 없어요. 그거 협조 요청이 오면 과장님이 가지고 온 아이피를 주는 게 제 일이었어요!"

"그 말은, 아이피를 확인하기 위해서는 서버를 털어야 한다는 겁니까?"

"네! 맞아요! 그 사람 말고도 헤비 업로더들은 무조건 아이피가 보호 대상이에요!"

그녀가 입을 열기 시작하자 요원은 눈을 찡그릴 수밖에 없었다.

⚖

"휘유."

얼마 후 사건은 흐지부지되었다.

사실 흐지부지될 수밖에 없었다.

딱히 대공 용의점이 없었던 사건이니까.

경찰의 요구에 웹 하드는 가짜 아이피를 주고, 가짜 아이피가 우연히 그런 곳들과 겹친 것뿐이었다.

정확하게 말하면 노형진이 문제가 될 만한 곳만 고른 거지만.

"이거 굶어 죽게 생겼습니다, 하하하."

삭제 업체의 책임자는 갑자기 변한 상황에 어이가 없었다.

그럴 수밖에 없었다.

삭제하기 위해 온갖 지랄 발광을 해도 들어주지 않던 놈들이, 이쪽에서 말도 하기 전에 알아서 삭제하고 심지어 영상 코드를 등록해서 아예 업로드 자체를 막아 버렸기 때문이다.

"자기들도 모가지가 날아가기는 싫은 거지요."

어찌 되었건 한번 발동이 걸린 대공 조사는 멈추지 않는다.

해당 서버에 대한 영장이 청구되었고, 대공 사건에서 영장을 거부하는 판사는 없었다.

당연히 서버와 하드뿐 아니라 회사의 컴퓨터까지 모조리 털려 나갔고, 그 과정에서 그 안에 있던 헤비 업로더들의 신분이 까발려지고 모조리 체포당했다.

그래서 시총이 몇백억이라고 자랑하던 웹 하드 업체도 한 순간에 날아가 버렸다.

물론 수사가 종료되고 해당 서버와 하드는 돌려줬지만, 그렇다고 해서 정상적인 영업이 가능해진 것은 아니니까.

"일단 콘텐츠를 공급하던 헤비 업로더들을 모조리 날렸으니까요."

당연히 제대로 된 불법 공유가 이루어지지 않는다.

더군다나 헤비 업로더들은 그렇게 한번 싹 털린 쪽으로 가고 싶어 하지도 않는다.

"게다가 제가 그 와중에 증거를 제법 모았거든요."

그리고 그걸 가지고 직원들과 사장까지 모가지를 날려 버렸다.

"멍청이가 아닌 이상에야 저와 새론을 적으로 돌렸을 때 무슨 일이 벌어지는지 모르지는 않을 테지요."

경찰 관련자들도 모조리 모가지가 날아가는 바람에 이제는 가짜 아이피를 던지는 것도 불가능하다.

그 아이피로 새론에서 고소하면, 그 아이피의 주인은 업무상배임으로 해당 경찰을 고발하여 경찰 생활이 끝장나니까.

"그러니까요. 수십 년 동안 이 새끼들 박멸한 방법이 없다고 생각했는데 이렇게 쉽게 박멸되네요."

"그나저나 회사에 피해 가는 거 아닙니까?"

담당자는 고개를 흔들었다.

"걱정 마세요. 저희 피해는 거의 없습니다."

"그래요?"

"네, 저희는 메이저 영화 불법 공유 삭제가 주 업무라서요. 리벤지 쪽은 사장님이 사람을 구하는 의미에서 하는 거라 타격은 거의 없습니다."

"그러면 다행이구요."

노형진은 미소를 지으며 웃었다.

"그나저나 최초 유포자는 어떻게 되는 겁니까?"

"어떻게 되긴요."

노형진은 자신 있는 얼굴로 웃었다.

"인생을 시궁창에 박아 줘야지요, 후후후."

⚖

"아, 씨발."

남궁한수는 결국 퇴학당했다.

노형진 때문에 판사가 바뀐 게 타격이 컸다.

"아빠, 사건 다 정리해 놨다면서!"

"망할. 판사가 거기서 꼬리를 말 줄 누가 알았냐."

"아, 씨발! 짜증 나. 나 클럽이나 가게 카드나 줘."

"너 미쳤냐?"

남궁한수의 아버지인 남궁용자는 이를 빠드득 갈았다.

"너 페라리는 물 건너간 줄 알아."

"아, 왜, 씨발! 그년이 지랄한 건데 왜 내 페라리가 날아가! 사 준다며?"

"너 지금 그런 말이 나오냐? 그 미친년이 요구한 게 4억이야, 4억!"

삭제에 들어간 비용, 정신적 치료 비용, 그리고 누군가 알아볼 수 있기 때문에 해야 하는 성형 비용까지.

노형진이 요구한 것은 무려 4억이었다.

"아, 씨발! 까짓 4억, 던져 주면 그만 아니야!"

"이 새끼야! 그 4억은 누가 거저 주냐?"

"그래서 내가 잘못한 거야? 그년이 날 찬 게 문제지, 내가 뭘 잘못했는데!"

남궁한수의 머릿속에는 자신이 잘못했다는 생각은 없었다.

헤어지자고 한 하영주가 잘못한 거다.

그의 입장에서는, 자신은 돈도 많고 능력도 되는, 소위 말하는 쩌는 남자니까.

그리고 그런 생각은 남궁한수의 아버지인 남궁용자도 마찬가지였다.

"그러니까 내가 꽃뱀 조심하라고 했지! 이 세상에 돈 노리는 미친 연놈들이 얼마나 많은데!"

"아, 그년이 꽃뱀인 줄 알았나."

"하여간 페라리는 물 건너간 줄 알아!"

"씨발!"

화를 내면서 바깥으로 나가는 남궁한수를 보고 혀를 끌끌 차는 남궁용자.

"내가 말이야, 이번에 페라리를 사 주나 봐라. 저거 버릇 못 고치면 페라리고 뭐고 없어."

그러나 이때의 그는 전혀 몰랐다. 그의 인생에 먹구름이 날아오고 있다는 사실을 말이다.

⚖

"남궁용자, 인천에 건물이 다섯 채 있습니다. 원래 김포에서 농사를 짓던 사람이었는데, 땅이 전부 김포 신도시에 들어가면서 막대한 돈을 벌었습니다."

"소위 말하는 졸부군요."

노형진은 고문학의 조사 기록을 보면서 혀를 끌끌 찼다.

"맞습니다."

"하긴, 소위 말하는 졸부 중에 이런 경우가 종종 있지요."

아이러니하게도 전통적인 부자들은 생각보다 몸을 사리는 경우가 많다.

적을 만들지 않는 것이 재산을 지키는 최고의 방어법이라는 걸 알기 때문이다.

"아무래도 졸부들은 자격지심이 있으니까요."

"생각보다 잘 아시네요?"

뭔가 아는 듯이 던지는 말에 노형진이 묻자, 고문학이 피식 웃었다.

"제가 흥신소를 할 때 뒷조사를 가장 많이 하는 사람들이 바로 졸부들이었습니다."

졸부들은 일단 누군가를 만나는 것 자체를 무척이나 두려워하고, 누군가가 자신에게 접근하면 무조건 돈 때문이라고 치부하는 경향이 강하다.

그들은 나름 돈이 있고 명문이 되었다고 생각하지만 현실적으로 명문이라는 것은 돈이 아니라 가문과 가풍이 만드는 것이고, 그래서 기존 부자들은 그들을 부자로는 취급해 줘도 명문이라고 생각하지는 않는다.

"그렇다 보니 자기들끼리 뭉치게 되는 거구요."

그리고 악순환이 거기에서부터 시작된다.

명문의 모임에 끼지 못하니 당연히 졸부들끼리 뭉치는데, 그들 사이에서 튀는 법은 돈을 화려하게 쓰는 것이다.

명문가가 되고 싶어 하는 것과 달리 정작 돈 쓰는 법은 명문가과 다른 셈이다.

그리고 가문 차이야 거의 없다 보니 그들이 급을 나누는 방법도 결국 돈이다.

돈이 많으면 명문가, 아니면 노예로 보기 시작하는 것이다.

"남궁용자도 딱 그런 스타일인 것 같습니다."

"어떻게 확신하시지요?"

"정치권을 따라다니면서 정치를 하려고 하더군요."

"꼴에 명문가가 되고 싶다 이거군요."

노형진은 혀를 끌끌 찼다.

국회의원이 되면 확실히 명문가처럼 보인다.

물론 대부분의 국회의원들은 1선에서 끝나고, 그건 명문가가 아니다. 그저 정당에서 돈이 필요하니까 잠깐 빨아먹는 거지.

"그래도 그렇게 어마어마한 재산을 받은 거면, 그 정도만 이룩한다고 해도 그 노력은 어마어마한 거 아니에요?"

고연미는 이해하기 힘들다는 표정으로 말했다.

아무리 신도시가 생긴다고 해도 애초에 소유한 땅이 작으면 가지고 가는 돈은 얼마 되지 않는다.

남궁용자가 돈을 많이 벌었다는 건 그가 그만큼 많은 땅을 가지기 위해 노력했다는 뜻이다.

그런데 그런 사람이 저렇게 돌변한 게 이해가 가지 않았던 것.

“김포는 대대로 농사를 짓는 농업지대였습니다. 그의 아버지도 거기서 농사를 지었지요. 나름 지역의 유지였습니다.”

고문학은 서류를 넘기면서 차분하게 이야기했다.

“김포에서 그래도 나름 땅을 가진 부자였고, 어머니 역시 비슷한 집안의 외동딸이었습니다. 남궁용자는 그 둘 사이의 독자이고요.”

비슷한 규모의 집안들끼리는 결혼이 성사되기 쉽다. 더군다나 같은 지역에 있다면 더더욱 말이다.

서로 수준도 맞고 자산도 비슷하니 자식들을 맺어 주는 거다.

“설마? 남궁용자가 그걸 전부 물려받은 건가요?”

“네, 양쪽 집안의 재산을 모두 물려받았습니다. 말씀드렸다시피 외동아들이었거든요.”

고연미는 눈을 찌푸렸다.

그러면 답이 나온다.

김포 신도시가 생기면서 그 땅을 모조리 팔아먹어 수백억이 갑자기 생긴 것이다.

한 평당 20만 원도 안 하던 땅이 갑자기 수백만 원이 되었으니.

양쪽 부자 집안의 외동아들이니 얼마나 금이야 옥이야 자랐겠는가?

더군다나 돈이 많을수록 공감 능력이 떨어진다는 연구는 이미 몇 번이나 확인된 바 있다.

그러니 그가 피해자에게 공감하고 사죄한다는 것은 아무래도 불가능하다고 보는 게 옳았다.

"어찌 되었건 그는 현재 그 재산의 대부분을 현금화해서 가지고 있습니다."

"돈을 받아 내는 건 어렵지 않겠군요."

노형진은 그렇게 말하면서도 영 탐탁지 않은 표정이었다.

"왜 그러세요?"

"일단 두 가지 이유 때문입니다. 이런 타입은 합의를 안 하면 모를까 자존심을 꺾지는 않거든요."

지금 노형진이 요구한 금액은 4억이다.

적지 않은 돈이기는 하지만, 남궁용자에게는 그리 큰돈도 아니다.

"하지만 그들은 지금 하영주 씨를 꽃뱀으로 몰고 있습니다.”

“성범죄 가해자들이 다 하는 말 아닌가요?”

“그건 그렇지요. 문제는, 보통은 개소리로 끝나는데 남궁용자와 남궁한수는 그걸 현실로 바꿀 수 있을 만큼 돈이 많다는 겁니다.”

저런 타입의 사람들은 소송해서 10억을 잃게 되는 한이 있어도 결코 순순히 4억을 주지 않는다.

어차피 10억이나 4억이나 그들에게는 그다지 타격이 되는 돈이 아니고, 그들은 무조건 자신의 자존심만을 챙기기 때문이다.

“그리고 고연미 변호사님도 아시지 않습니까? 재판에 들어갈 경우 불리한 건 우리 쪽이니까요.”

“끄응…… 그렇지요. 한국 재판부는 유독 정신적 위자료에 대해 박하니까요.”

사람이 자살할 정도의 사건이다.

그런데 한국 재판부는 그에 대한 정신적 위자료를 거의 신경 쓰지 않는다.

좀 독하게 말하면, 이제 제대로 삭제되었으니 피해자가 잊어버리면 그만이라는 식으로 판단해 버리는 것이다.

“더군다나 성형에 관한 비용을 청구한 건 이번이 처음이거든요.”

엄밀하게 말하면 지금까지 몇 번 리벤지 포르노 관련 사건이 있었지만, 삭제에 관한 비용과 그 정신적 위자료를 청구한 재판은 몇 번 있었어도 외부에 드러난 외모 때문에 미래의 불안감을 이유로 성형하는 것에 대한 판례는 전무하다.

"인정하지 않는다면 아무래도 청구액이 줄어들지요."

"으음……."

"제 생각에는 청구 금액은 4억이지만 정식 재판에 가면 2억도 넘기 힘들 겁니다."

삭제 비용은 확정이 되었고 정신적 위자료는 극히 일부만 인정된다.

사실 청구 금액 4억에서 가장 비율이 큰 것은 성형수술 비용이다.

성형수술은 비급여 수술이고, 다른 사람이 알아보지 못할 정도로 수술하려면 수술비 역시 어마어마해진다.

"문제는 이게 공식적으로는 미용성형에 들어간다는 거지요."

그리고 상대방은 재판에 들어가면 분명 사건을 핑계 삼아서 미용성형을 하려고 한다고 주장할 것이다.

사실 어차피 하는 수술인데 누가 못생기게 해 달라고 하겠는가?

"그리고 판사 입장에서는 판례가 없다 보니 당연히 보수적으로 판결할 수밖에 없고, 또 대부분의 판사들은 남자거든요."

그나마 여자 판사라면 조금은 이해해 줄지 모르지만 남자 판사라면 그렇게 심적인 동조는 잘 해 주지 않는다.

"어찌 되었건 남자는 포르노의 소비자이지 피해자는 아니니까요."

고연미 역시 이해가 간다는 듯 한숨을 쉬었다.

"그러니 우리가 4억을 요구하기는 했지만 그걸 진짜로 받아 내는 건 아무래도 한계가 있는 것 같군요."

"그게 문제죠."

노형진은 짜증 난다는 얼굴이 되었다.

이런 경우는 진짜 대응책이 없기 때문이다.

"그, 이런 말 하면 그런데, 이런 경우에 노 변호사님이 그들에게 따로 경제적 보복을 하는 경우가 좀 있었잖아요?"

고연미는 노형진이 그 남궁용자와 남궁한수에게 경제적 보복을 하기를 원하는 것 같았다.

과거에 노형진이 그런 일에 기꺼이 나선 적도 있고.

"저도 그럴 수 있다면 그러고 싶습니다. 하지만 상황이 좋지 않아요."

"네? 왜요?"

"저는 마이스터의 아시아 대리인이자 미다스의 대리인이기도 하지요. 제 능력은 기업에 치명적인 타격을 줄 수 있습니다."

그렇게 말하며 노형진은 한숨을 푹 쉬었다.

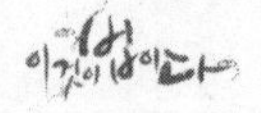

"정확하게 말하면 기업에만 타격을 줄 수 있지요."

"그게 다른가요?"

"다릅니다. 남궁용자는 부자입니다. 하지만 기업인은 아니지요. 그는 '현금'으로 모든 자산을 쥐고 있습니다."

하다못해 땅이나 건물로라도 쥐고 있었다면 그 가치를 깎는 방법은 무궁무진하다.

몇 번이나 그런 방법을 써 왔다.

"하지만 상대방은 현금으로 쥐고 있습니다. 그런데 현금의 가치를 깎는 방법은 인플레이션뿐입니다. 그리고 남궁용자에게 타격을 입힐 정도의 인플레이션은 하이퍼인플레이션뿐입니다."

그런데 그 하이퍼인플레이션은 경제가 작살났다는 반증이다.

대표적인 예가 바로 베네수엘라다.

한때 산유국으로 부자 국가였던 베네수엘라지만 지금은 미친 듯한 하이퍼인플레이션으로 나라가 망해 가고 있다.

어느 정도냐면, 강도가 무기를 살 돈이 없어서 강도질을 못 하는 수준이다.

사람이 가지고 있는 돈은 한정되어 있는데 총알 하나가 그것보다 훨씬 비싸져 버린 것이다.

"즉, 현금을 가지고 있는 사람이라면 아무래도 공격하기가 애매해진다는 것이 문제입니다."

노형진은 곤란하다는 듯 턱을 문지르면서 말했다.

"그건 진짜 못 하겠네요."

"못 하지요."

범인 하나 작살내겠다고 한국 경제를 박살 낼 수는 없고, 아무리 노형진이 대단하다고 해도 그 정도까지 한국 경제를 박살 낼 수도 없다.

한국에서는 헬조선 헬조선 하지만 그건 어디까지나 생활의 문제일 뿐이지, 전 세계적으로 보면 한국은 경제적으로 아주 안정된 국가다.

"아무리 미다스나 마이스터라고 해도 그건 불가능합니다."

잠깐 혼란을 야기하고 그걸 이용해서 누군가에게 타격을 입히는 건 가능하지만 하이퍼인플레이션이라니.

"그리고 그걸 고의로 유발하면 다른 나라에서 가만두지도 않을 겁니다."

한국 정도의 경제력을 가진 나라가 흔들리면 그 아래에서 거래하는 많은 국가들 역시 흔들린다.

"와, 이래서 부모님이 현금이 짱이라고 하는 거구나."

"현금이 짱이지요."

노형진은 혀를 끌끌 찼다.

"차라리 어디다 감춰 두기라도 하면 털어 보기라도 하겠는데."

하지만 그가 가진 재산은 부당하게 번 것도 아니고 정상적으로 번 돈이다.

그러니 당연히 은행에 보관하고, 은행을 털 수는 없는 노릇이다.

"그러면 단순히 돈만 받고 끝낼 수밖에 없는 건가요?"

고연미는 불만족스러운 얼굴이었다.

당장 형사처벌이라도 할 수 있다면 모르지만 이제는 형사처벌을 하기도 힘들다. 이미 처벌받았으니까.

"잠깐 고민 좀 해 보도록 하지요."

노형진 역시 이런 어정쩡한 결말은 바라지 않았기에 깊은 생각에 빠질 수밖에 없었다.

⚖

"그냥 끌고 가서 담가."

"제발 생각 좀 해라. 너 이제 검사야."

"몸뚱이만 검사지, 영혼에는 건달의 피가 흐르고 있다."

노형진은 혀를 끌끌 찼다.

혹시 오광훈에게 참신한 아이디어가 있지 않을까 하고 찾아왔더니 여전히 오광훈은 오광훈이었다.

가끔 색다른 아이디어를 내기는 하지만 근본이 어디로 가진 않은 모양이다.

“아, 진짜. 몸에 피가 흐르지 영혼에 피가 왜 흘러? 몸에 검사 피가 흐르면 검사지, 영혼의 피는 또 뭐야?”

“응? 그런가?”

“그런가가 아니라 혈액형은 A형, B형, O형, AB형뿐이다, 이 새끼야. 영혼에 피 같은 거 없어.”

“아니, 가오 좀 잡을 수 있는 거지, 뭘.”

툴툴거리는 오광훈.

그러면서도 꾸역꾸역 고기를 입으로 밀어 넣었다.

“이런 경우에 혹 참신한 아이디어 좀 없나 해서 찾아왔더니.”

“참신하게 잡아다가 갈아 넣으라니까. 무덤을 파고 모가지만 내놓으면 알아서 반성해.”

“야! 그건 대놓고 우리가 범인이라고 하는 거잖아!”

오광훈이 피식 웃었다.

“과연 그럴까? 그런 새끼는 보통 적이 많아. 그러니까 어떤 새끼가 그랬는지 정작 모를걸.”

“그것도 문제 아니야? 파멸은 못 시키더라도 최소한 반성은 시키는 게 목적인데 그러면 무슨 반성이 되냐?”

“아, 그런가?”

오광훈은 머리를 긁적거렸다.

“나 때는 적당히 손봐 주면 자기가 잘못한 걸 알아서 아주 A4 용지에 줄줄 써 대던데.”

"내가 너한테 뭘 바라겠니."

노형진은 혀를 끌끌 차면서 돼지갈비를 한 점 집어 입으로 밀어 넣었다.

"아니면 네가 잘하는 거, 그거 있잖아. 다른 피해자들을 찾아보든가."

"그것도 영 신통치 않아."

오광훈의 말대로 그런 성격이면 적이 많을 수밖에 없다.

그러나 그런 놈이 갑질을 하는 대상은 그다지 강한 대상이 아니고 강하게 저항하기 힘든 사람들이다.

"거기에다가 그놈은 사업을 하는 놈도 아니야."

만일 회사에서 벌어지는 갑질이라면 노동법이나 산업안전법이나, 하여간 뭐든 엮을 수 있다.

그런데 그는 사업도 가게도 하지 않는다.

그러니까 어디로 가서 종업원에게 갑질은 할지언정, 그 갑질로 인해 생계에 심각한 피해를 입을 정도로는 하지 않는다는 거다.

"보통 그 정도는 단순 모욕 정도이니 그쪽에 타격을 주기는 힘들어."

설사 피해자가 있다고 해도 그는 손님이다 보니 형사소송에 들어가면 처벌이 약해지는 건 당연하다.

"하지만 그 피해자의 가게는 망하겠지."

"고발하지 않는다는 소리구나."

"맞아."

고발이라는 것은 복수심에 할 수도 있지만 자신의 이익을 위해서도 할 수 있다.

손해가 이익의 몇 배나 되는 상황이라면 그 누구도 고발을 진행하지는 않는다.

"돈 있는 놈들이 갑질하는 게 그런 이유고."

보복하지 못할 걸 아니까.

"뭐야, 돈만 쥐고 있으면 거의 못 건드린다는 거네."

"그렇지. 민사는 거의 타격이 안 가니까."

"그러면 깔끔하게 포기해야지."

오광훈의 말에 노형진은 눈을 찌푸렸다.

'그러면 영 찝찝한데.'

노형진이 찝찝한 이유는 한국의 처벌 규정 때문이다.

분명 남궁한수는 성범죄를 저질러서 퇴학 처리되었다.

그런데 현실적으로 그가 성범죄를 저질렀다고 해서 다른 학교, 즉 다른 의학 전문대학원에 가지 못할 이유는 없다.

더군다나 그는 나름 공부를 잘하는 타입이었고, 지방에는 그보다 수준이 낮은 의전원이 분명 존재한다.

더군다나 그는 의전원에서 본과 3년까지 공부하다가 잘린 상황.

'다른 곳으로 들어가게 될 가능성이 아주 높아.'

그 실력과 그 정도 돈이면 그건 어려운 일이 아니다.

실제로 그런 일은 종종 있다.

'변호사 시험도 그게 문제이기는 한데.'

로스쿨을 나오고 변호사 시험에 합격하면 변호사 자격이 생긴다.

그런데 여기에는 치명적인 문제가 있다.

그 시험에서 합격한 자가 범죄자인 경우를 생각하지 않은 것이다.

물론 범죄 한 번 저질렀다고 해서 기회 자체를 박탈하는 게 누군가에게는 억울한 일일 수도 있다.

그러나 반대로, 돈이 있고 시간을 커버할 정도로 개인 교습을 받을 수 있는 자들이라면 범죄를 저지르고 반성하지 않아도 변호사 자격을 얻을 수 있다.

과거에 사법시험은 그래도 면접이라는 과정이 있었고 그 과정에서 범죄 기록을 확인했기 때문에 최소한의 거르는 효과는 있었다.

하지만 변호사 자격은 그게 없다.

그 때문에 말이 많은 것이다.

부자들 입장에서는 부를 세습할 수 있는 기회이니까.

물론 변호사 시험에도 법조윤리라는 시험 과목이 있지만, 애초에 시험을 봐서 점수로 인성을 테스트한다는 건 테스트하지 않겠다는 소리나 마찬가지다.

과목화되는 순간 정답이 존재하게 되고, 정답만 외우면 사람을 죽여도 합격할 수 있으니까.

'그리고 그건 의학 시험도 마찬가지야.'

성적만 되면 일단 의사 자격이 나온다.

물론 인성이 지랄맞으면 실습 등에서 문제가 생길 수도 있지만 그마저도 돈을 처바르면 충분히 커버할 수 있다.

아니, 돈만 적당히 주면 제대로 수업을 받지 않아도 높은 점수를 받으며 졸업할 수 있다.

인성 테스트가 안 되는 것이다.

"그놈이 다른 학교로 가는 것만 막으면 좋겠는데."

노형진은 긴 한숨을 내쉬었다.

"다른 학교로 못 가게 하면 되지."

"그게 쉽겠느냐고. 돈 주는 걸 거절하는 대학 없다."

특히나 대학 입시와 다르게 대학원은 면접의 비중이 아주 높다.

당연히 돈 같은 걸 가지고 엮어서 들어가면 거의 100% 뽑힌다고 봐야 한다.

"그냥 못 뽑히게 하면 되는 거야?"

"응. 하지만 우리가 그 녀석이 시험을 볼 때마다 따라다니면서 압박할 수도 없는 노릇이고."

"흠……."

더군다나 의전원이 한두 곳도 아니고 말이다.

"형사적인 방법은 물 건너갔고 금전적인 압박도 물 건너갔고."

도무지 답이 안 보이는 상황.

그런데 오광훈이 의외의 말을 했다.

"그러면 차라리 군에 처박아 버리자."

"군? 뭔 군?"

"그 새끼, 군대 가야 될 거 아냐."

"벌써 갔다 왔겠지. 나이가 몇 살인데."

"그런가? 하긴, 전과가 없는 이상에야 그 나이에 미필일 리가 없나?"

"그렇지. 군이라는 건 보통 20대 초반에 얼른 갔다 오잖아. 그 녀석 나이가 벌써 20대 후반이니 당연히 갔다 올……."

말하던 노형진은 문득 어떤 생각이 들었다.

"왜 그래?"

"어…… 잠깐……. 군에 갔다 왔나?"

"벌써 다녀왔을 거라며?"

"그야 그런데……."

나이를 생각하면 분명 다녀왔을 가능성이 크다.

하지만 노형진이 생각하지 못한 게 있다.

그건 다름 아닌 의사라는 직업을, 군에서도 일종의 배려 아닌 배려를 해 준다는 것이다.

"그 녀석, 의전원생이잖아."

"그렇지."

"그러면 의사가 된다는 소리잖아."

"그렇지?"

"그러면 차라리 군에 가지 않고 버티다가 다른 걸로 가는 게 낫지 않을까?"

"뭔 소리야?"

"군의관이나 공중 보건의 말이야."

만일 의사 자격을 따지 못하고 군에 가면 당연히 그 사람은 이등병부터 시작해서 바닥에서 박박 기면서 생활해야 한다.

하지만 의사가 된 후 군에 가게 되면 군의관이 되거나 낙도에 배치되어서 지역 주민의 의료를 책임지는 공중 보건의가 된다.

"그러고 보니 대부분의 의대생들은 입대를 최대한 늦추려고 하지."

그럴 수밖에 없다.

일단 병으로 군에 끌려가면 단돈 몇만 원에 노예처럼 부려지는 데다가 그 기간 동안 머리가 굳어서 제대 이후에도 공부하는 게 쉽지 않다.

그에 반해 군의관으로 가게 되면 장교 월급을 받아 가면서 일하게 된다.

그뿐만 아니라 그 아래에 실습하기 좋은 사람들이 넘쳐 나니, 그런 병사들을 대상으로 의사로서의 실력도 키울 수 있다.

공중 보건의가 되는 것도 손해 보는 건 없다.

공중 보건의가 배치되는 곳은 대부분 낙도의 보건소다.

그런 보건소에 찾아오는 사람들은 많지 않다.

일단 다들 생업에 종사해야 하기 때문에 낮에는 잘 오지 않는다. 설사 온다고 해도 잠깐 몰리는 시간이 있을 뿐이다.

더군다나 공중 보건의가 필요할 정도의 낙도라면 애초에 인구수 자체가 많지 않다.

그래서 남는 시간에 공부하면서 실력을 키울 수 있다.

"어쩌면 군에 가지 않았을 수도 있겠는데?"

노형진은 눈을 반짝거렸다.

"면제입니다."

"면제요?"

노형진은 자신의 귀를 의심했다.

면제라니? 군에 다녀오지 않았을 수도 있다는 건 예상했지만 면제는 전혀 엉뚱한 이야기였다.

"네, 면제 맞네요. 사유는 정신이상."

"허어?"

노형진은 눈을 찡그렸다.

물론 남궁한수가 벌인 범죄를 보면 미친놈이기는 하지만 그건 어디까지나 사회적인 시선에서 그런 것이고, 현실적으로 미친놈으로 보기에는 문제가 있다.

"이유가 뭐랍니까?"

"어디 보자…… 조현병으로 나와 있네요."

"조현병요?"

"네. 환청이 들리고 환각이 보인답니다."

조현병은 원칙적으로 군 입대 시 결격사유다.

그럴 수밖에 없는 게, 군대는 무기를 들고 싸우는 조직이다.

미친놈에게 무기를 쥐여 줬다가 일이 터지면 이만저만 큰 일이 아니다.

총으로 아군을 쏴 버릴 수도 있고 수류탄을 까 던질 수도 있다.

최악의 경우 전차병으로 갔다가 아군에게 포탄을 쏴 댈 수도 있는 일이다.

요즘은 자동 장전 장치가 달려 있으니까.

"이상하군요."

미친놈이기는 하지만 정신이상자로 보이지는 않았다.

더군다나 조현병이라면, 그것도 군 생활을 하지 못할 정도의 조현병이라면 일상생활도 불가능하다.

"조현병을 가진 의사라…… 그게 가능한가요?"

"일반적으로는 불가능하지요."

노형진은 씩 웃었다.

물론 의사가 된 후에 조현병이 걸릴 수도 있다지만, 지금은 아니다.

수술하던 의사가 미쳐서 환자에게 난도질을 할 수도 있다. 그러면 심각한 문제가 된다.

"어떻게 생각하십니까?"

"이거 아무래도 병역 비리 같은데요."

"그렇지요?"

병역 비리는 어떻게 해서든 없애려고 노력하지만 현실적으로 없애는 게 불가능하다고 할 정도로 오래되고 고질적인 문제다.

더군다나 이런 조현병 관련 범죄는 여러모로 입증이 힘들다.

그럴 수밖에 없는 게, 신체적인 문제는 검사를 하거나 이상하다고 하면 재검할 수 있다.

가령 눈이 안 보인다면 과학기술을 통해 홍채 반응 검사를 한다거나 하는 식으로 검사할 수 있고, 귀가 안 들린다고 하면 다른 음량 측정기를 동원할 수도 있다.

"하지만 조현병은 이야기가 다르지요."

인간의 정신을 측정하는 장비는 개발되지 않았다.

당연히 그걸 측정하는 건 인간이다.

"의사가 결탁해서 조현병 진단서를 끊어 주면 아무래도 그 부분에 관해서는 입증이 쉽지요."

고문학은 고개를 갸웃했다.

"하지만 군에서도 정신과적 검사를 하지 않습니까? 그렇게 쉽게 넘어가나요? 그럴 리가 없는데요."

노형진은 고개를 끄덕거렸다.

고문학의 말이 맞다. 군에서도 검사한다.

군대 가기 싫다고 자기 고환을 자르는 미친놈도 있는데 정신이상을 핑계로 들고 오는 놈이 없겠는가?

"그런데 그 정신이상을 테스트하는 게 검사지 아닙니까?"

"그렇지요."

"이미 의사가 붙어서 진단서까지 써 줬다면, 답 나오는 거 아닙니까?"

"아……."

조현병과 관련된 검사를 하는 검사지는 몇 개 되지 않는다.

특히나 군에서 쓰는 건 사실상 정해져 있다.

"그러니 적당히 답을 미리 듣고 그대로 찍으면 그만이지요."

설사 다른 설문지가 나온다고 해도 결국 질문 자체의 의미가 달라지는 것은 아니다.

그러니 쉽게 넘어갈 수 있다.

"그런 게 가능하단 말입니까?"

"정신이상이 아닌 걸 어떻게 증명하시겠습니까?"

"그건……."

진단서와 검사 기록지가 있으면 그걸 부정할 수 없다.

다른 방법과 다르게 어마어마한 돈이 들겠지만.

"그들에게 돈은 그다지 중요한 게 아니지요."

더군다나 이건 걸릴 가능성 자체도 무척이나 낮다.

의사에게 그 정도 교육을 받으면서 정신이상을 만들어 내려면 못해도 5천만 원 이상은 줘야 한다.

그러니 일반인은 그걸 못 한다.

"물론 정신이상을 주장하는 놈은 있겠지요."

하지만 그들은 군에서 하는 정신이상 검사를 통과할 방법이 없다.

정신이상 조사법은 의외로 날카로워서, 이놈이 진짜 정신이상인지 아니면 정신이상인 척하는지도 알아낼 수 있다.

"그러면 얼핏 보면 그 시스템은 잘 작동하는 것 같겠군요."

"제 말이 그겁니다."

잘 작동하는 것처럼 보이니 당연히 추가적인 조사는 진행되지 않아, 정신이상으로 군 면제를 받는 것은 돈이 있는 사람에게는 쉬운 일이 된다.

"그리고 우리는 거기를 노리면 되겠군요."

노형진은 드디어 남궁한수를 잡을 수 있다는 생각에 주먹을 꽉 쥐었다.

⚖

노형진은 남궁한수의 행동을 며칠간 계속 지켜보았다.

그리고 확신했다. 남궁한수는 약을 먹지 않는다.

"의학적으로 군 면제를 받을 정도의 사람이 약을 먹지 않고 일상생활을 하는 것이 가능한가요?"

노형진은 정신과 의사 한 명과 함께 카메라로 녹화한 남궁한수의 행동을 지켜보며 증상의 진단을 요청했다.

정신과 의사는 심각한 얼굴로 말했다.

"일단 정신과 의사로서 서면 테스트 없이 행동만으로 정신진단을 하는 것은 위험한 행동임을 알려 드립니다."

"알고 있습니다."

가끔 방송에 나오는 사람들의 행동 패턴을 보고 무슨 정신적 질환이 있네 어쩌네 하는 의사들이 있다.

그런데 그건 아주 무식한 짓이고 또한 의료법에 위반되는 행위이다.

애초에 그런 식의 판단은 프로파일러의 영역이지 정신과의 영역이 아니다.

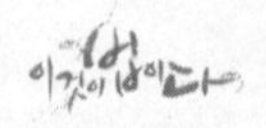

그 둘은 전혀 다르다.

그렇기 때문에 정신과 의사는 진지하게 경고한 것이다.

"다만 정신적 상황의 판단이 아니라 군을 면제받을 정도의 정신 질환, 그것도 조현병이 약을 먹지 않고 일상생활이 가능하느냐의 문제에 대해 언급하자면, 그건 불가능합니다."

그는 영상 속의 남궁한수를 보면서 차분하게 말했다.

영상에서 보이는 남궁한수의 행동은 지극히 정상적이었다.

"조현병 약을 우리가 모르는 사이에 먹는 건요?"

그는 고개를 흔들었다.

"그랬으면 노벨상감이었을 겁니다."

"네?"

"조현병 약에는 다량의 진정제가 들어갑니다."

현실적으로 조현병 약을 먹으면 나른하고 졸리게 된다.

군 복무를 면제받을 정도로 증세가 심각하다면 당연히 그 약 역시 무척이나 강할 수밖에 없다.

"가끔 조현병 환자들이 약을 먹지 않고 미쳐서 칼을 휘두르거나 차로 돌진하는 경우가 있지요? 그들이 그 약을 먹지 않았을 때의 위험성을 모를까요? 아닙니다. 대부분은 잘 압니다."

의사는 진지하게 말했다.

"그런데도 먹지 않는 이유는 바로 생계 문제 때문이지요."

약을 먹으면 정상적인 생활 자체가 불가능하기에 결국 생계가 해결되지 않아 일을 하기 위해 약을 먹지 않게 되는데, 그러면 조현병이 악화되는 상황이 되어 버린다.

그래서 어느 순간 환청과 환각에 굴복하고 살인을 저지르는 거다.

"제가 알기로는 군 내부에서 테스트할 때 중점적으로 보는 것이 바로 폭력적 성향입니다. 군인은 진짜 사람을 죽이기 위한 살상 무기를 운영하는 사람들인 만큼 조현병 환자는 절대 안 데려가지요."

만일 내무반에 수류탄을 까 넣고 총으로 갈겨 버리면 수십 명 단위의 사상자가 나올 수도 있는 일이니까.

"그런 경우 약을 먹지 않을 수가 없습니다. 하지만 저 사람은 잠들지도 않고 폭력적 성향도 보이지 않습니다. 그 말은, 저 사람에게 조현병이 있다고는 보기 힘들다는 겁니다."

"역시나 그렇군요."

노형진은 이상하다는 생각을 했다.

조현병으로 인해 약을 처방받고 군 면제까지 받은 사람을 과연 하영주가 만났을까 하는 생각이 들었기 때문이다.

게다가 하영주는 그와 관련해서 전혀 이상함을 느끼지 못했다고 했다. 극단적으로 이기적인 놈이라고는 생각했다지만 말이다.

"아무래도 노 변호사님 말씀대로 이 사건에는 의사가 끼어

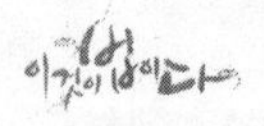

든 것 같군요."

그는 인정할 수밖에 없었다.

정상으로 보이는 남궁한수가 군에 가지 않으려면 누군가가 서류를 조작해서 제출해야 한다는 건데, 그 서류를 제출해서 면제받으면 더 이상 군은 신경 쓰지 않아도 된다.

"그러면 한도경이라는 의사는 아십니까?"

"한도경?"

"네. 파주에 있는 장신정신과 의원의 원장인데요."

적지 않은 돈이 들었지만 그 당시 소견서를 써 준 사람의 존재를 찾기는 찾았고 그게 바로 한도경이었다.

"모릅니다만, 그게 문제가 됩니까?"

"네. 아무래도 이 사람이 의심스럽거든요."

어떤 병이든 아주 유명한 의사가 아닌 이상에야 일반적으로 사람들은 가까운 병원을 찾아가기 마련이다.

그리고 남궁용자와 남궁한수는 서울, 그것도 강남에 산다.

"그런데 한도경은 거의 파주 쪽에 살거든요."

집도 병원도 그쪽이다.

"강남에서 거기까지 가려면 족히 두 시간은 넘게 걸립니다."

상습 정체 구역을 무조건 지나가야 하는 구조이기 때문에 병원이 운영하는 시간에는 무조건 그 이상 걸린다.

최소가 두 시간이고 최대 세 시간까지도 걸리는 거리다.

"그런데 주변에 정신병원이 없는 게 아닙니다."

강남에는 은근 스트레스를 받는 사람들이 많기 때문에 정신과 병원도 제법 많다.

특히나 그쪽은 돈이 되는 곳이기 때문에 당연히 실력도 좋은 사람들로 그득하다.

"그렇다고 한도경이 또 뭐 실력이 좋으냐, 그것도 아닙니다."

실력이 좋다고 소문났거나 학술 연구에 열심히 참가하는 사람도 아니다.

파주에서 작은 개인 정신과를 운영하고 있는 사람이다.

인터넷에서 찾아봐도 그의 실적이나 실력에 대해 딱히 언급이 있거나 한 사람은 아니라는 거다.

"확실히 강남 쪽이 실력이 좋지요."

정신과 치료는 보통 같은 의사에게 계속 가게 된다.

드러난 신체적 상처와는 다르니 진행 상황을 의사가 확실하게 알고 있어야 하기 때문이다.

"혹시 그 의사의 재정 기록을 확인해 보셨습니까?"

우려 섞인 질문을 던지는 의사.

그럴 수밖에 없다. 그런 서류를 조작해서 제출한다는 것은 결국 돈 문제니까.

"네. 그런데 의외더군요."

그의 병원에 사람을 보내서 찾아오는 환자를 살펴봤는데,

환자는 많지 않았다.

그런데 그는 파주에 아파트만 네 채를 가지고 있었다.

아무리 파주가 서울보다는 상대적으로 아파트가 싸다고 하지만 그렇다고 해도 네 채의 가격은 절대 적지 않다.

네 채라고 하면 못해도 20억이다.

"그런데 그는 딱히 금수저도 아니더군요."

그 말을 들은 정신과 의사는 심각한 표정이 되었다.

알게 모르게 이러한 문제는 정신과 의사들 사이에서도 심각한 것으로 인식되어 있다.

한국은 정신적 치료에 대해 무척이나 부정적으로 보는 성향이 강하다.

정신과 치료를 받으면 취업을 못 한다거나 보험 가입이 거절되거나 한다는 등의 소문 때문이었다.

하지만 현실적으로 과거에는 그랬을 수 있을지 몰라도 현재는 그건 불가능하다.

개인 정보 보호법으로 그걸 캐는 것 자체가 불법인 데다가, 정신과 치료를 이유로 보험 가입이나 인수 또는 지불 거절을 하는 것 역시 불법이기 때문이다.

어찌 되었건 그러한 소문 때문에 치료받으려고 하는 사람이 인구수에 비해 많지 않은 편이다.

'그래서 게임을 정신병으로 만들려고 환장하는 거지.'

물론 그와 관련된 어떠한 과학적 자료나 근거도 없다.

게임 중독이라고 표현하지만 현실적으로 놀 거리라는 것은 유희성과 중독성이 없을 수가 없다.

만화책도 그렇고 인터넷도 그렇고 도박도 그렇다.

뭐든 심하게 빠지는 경우 그 빠진 대상이 정신병이 있는 거지, 유희거리가 무슨 마약도 아니고 그 자체가 중독물이 되지는 않는다.

하지만 의학계에서는 게임 자체를 중독물로 놓기 위해 수년간 노력하고 있다.

이유는 간단하다.

한국의 학부모는 공부라면 찔끔 하고 당연히 게임을 하는 자식을 중독자로 생각해서 강제로 끌고 와서 치료시키는데, 정신과의 완치 판정은 의사 마음대로니까.

막말로 그 학생이 성인이 되어서 무료 폰 게임 하나 한다고 해도 의사가 재발 판정해 버리면 다시 그는 정신과 약을 먹으면서 치료해야 한다.

'하물며 돈 때문에 그런 짓거리까지 하는데 군 비리로 돈 받는 놈이 없을 리가 없지.'

다만 돈이 많이 든다는 것이 문제다.

그리고 일반인은 그 방법을 못 쓴다.

하지만 부자는 가능하다.

"이 건은 우리가 학회에다가 올려서 심사해 보겠습니다."

그리고 그게 드러나는 경우 한도경은 퇴출될 것이다.

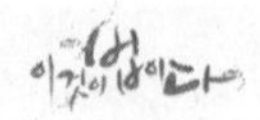

하지만 의사가 학회에 올린다고 해서 모든 문제가 해결되는 것은 아니었다.

그건 한도경의 문제이고, 진짜 문제는 남궁한수니까.

"그것도 중요하지만 이번 사건에서 남궁한수를 잡는 게 쉽지는 않을 텐데요? 다시 정신과 검사를 하라고 해도 남궁한수가 할 리도 없고요."

의사의 질문에 노형진은 고개를 끄덕거렸다.

"고전적인 방법을 쓰지요."

"고전적?"

"원래 군 비리는 가는 놈보다 조작하는 놈을 먼저 잡는 법입니다."

노형진은 그 한도경이라는 정신과 의사에게 접근하기 위해 군에 갈 만한 사람, 정확하게는 신체검사 소환장이 나온 사람을 찾아야 했다.

다행히 그건 어려운 일이 아니었고 백민대학교 로스쿨에 다니는 사람 중 한 명이 기꺼이 도움을 주기로 했다.

물론 찾아간다고 해서 그가 바로 인정할 리가 없다.

그 때문에 노형진은 약간의 수를 썼다.

목소리 변조 프로그램을 통해 남궁용자의 목소리와 최대

한 비슷한 목소리를 만들어 낸 것이다.

그리고 한도경에게 전화했다.

－여보세요.

－닥터 한, 나 남궁용자요.

－네? 아, 네. 안녕하세요.

아니나 다를까, 목소리가 아주 비슷하자 한도경은 쉽게 속아 넘어갔다.

"쉽게 속네?"

오광훈은 고개를 갸웃했다.

허술하다 할 정도로 너무 쉽게 속아 넘어갔으니까.

오광훈은 얼마 전 있었던 노형진과의 대화를 떠올렸다.

"일단 목소리가 비슷한 데다가 이미 몇 년 전에 끝난 일인데 그 이후에 연락하고 지내기를 하겠어, 뭘 하겠어?"

"아하."

그 일 이후에 그냥 서로 모른 척하면서 살았을 게 뻔하다.

그러니 자세하게 알 리가 없다.

－어쩐 일이십니까, 회장님?

회장이라는 말에 노형진은 비웃음이 나왔다.

남궁용자는 구멍가게 하나 안 하는 놈인데 얼마나 헛바람이 들었으면 회장이라고 불리기를 원한 걸까?

-별건 아니고, 내가 사람 하나 보내려고 하는데.

-사람요?

-나랑 거래하시는 분인데 이번에 아드님이 약간의 문제가 있다고 해서요.

-문제요?

-뭐, 정신과에 가는 문제가 뭐가 있겠소? 내가 닥터 한이 아주 유능하다고 극찬을 해 놨으니까 잘 부탁드리오.

-알겠습니다, 회장님.

짧은 통화였다.

하지만 상대방에게 이쪽에서 찾아간다는 신호를 보내 놨으니까 더 이상 문제가 없을 것이다.

"자, 그러면 이제 털어 볼까, 후후후."

신검이 나온 로스쿨 학생을 데리고 노형진은 한도경을 찾아갔다.

"조석장 씨, 들어가세요."

이름이 불리자 노형진은 그와 함께 안으로 들어갔다.

"불면증이시라고요?"

느긋한 얼굴로 노형진과 조석장을 맞이하는 한도경.

"최근에 생긴 불면증이라……. 딱히 원인으로 생각되는

건 없습니까? 아니면 최근에 스트레스를 받은 일이나."

"신검이 나왔지요."

조석장은 마치 아무것도 모르는 척 이야기했다.

"허허, 신검이라……. 그렇군요. 확실히 청년들에게는 심각한 스트레스를 불러오는 일 중 하나지요."

태연하게 말하는 한도경.

노형진은 그를 보면서 넌지시 물었다.

"그래서 저희 도련님이 군에 가지 않을 수 있는 방법을 알아보고 싶습니다."

"도련님? 누구십니까?"

"주광훈 변호사라고 합니다."

노형진은 미리 준비한 가짜 명함을 내밀었다.

그리고 조심스럽게 질문을 던졌다.

"저희 도련님이 군에 가서 썩기에는 너무 아까운 인재거든요."

"무슨 소리를 하시는지 모르겠습니다만……."

모른 척하는 한도경.

물론 노형진도 그가 그렇게 쉽게 넘어올 거라고는 생각하지 않았다.

"이미 알고 왔습니다. 적당한 대가를 치르도록 하겠습니다."

"무슨 말인지 모르겠군요. 제가 무슨 힘이 있다고 군에서 빼 드리겠습니까?"

계속 모른 척하는 한도경을 보고 노형진은 피식 웃었다.

"이 정도면 어떨까요?"

노형진은 가지고 온 007가방을 열어서 그에게 내밀었다. 그리고 차분하게 말했다.

"남궁용자 님 소개로 온 겁니다."

하지만 한도경은 대답하지 않았다.

007가방에 가득한 5만 원짜리가 그의 눈을 놔주지 않았기 때문이다.

'안 넘어갈 수가 없지.'

007가방에는 1만 원짜리를 기준으로 1억이 들어간다.

그 말은, 이 가방에 들어 있는 돈은 5억이라는 소리다.

'그리고 이 정도 돈을 함정수사에 쓰는 놈은 없거든.'

아무리 잡고 싶다고 해도 예산은 한정되어 있고, 미회수되는 경우에 대한 걱정을 하지 않을 수가 없는 게 경찰이다.

그러니 경찰이 함정수사를 하고 싶다고 해도 이 정도 예산은 승인이 나질 않는다.

이 돈 자체가 일종의 신분보장인 셈이다.

"만일 거절하신다면……."

노형진은 달칵 소리가 나게 007가방의 뚜껑을 닫았다.

"이대로 들고 그대로 병무청으로 가야지요."

"병무청?"

"남궁용자가 우리를 물먹였으니 그 보복은 해야 하지 않겠습니까?"

한도경은 움찔했다. 그게 무슨 의미인지 알았으니까.

'부자는 자기가 무시당하는 걸 못 참거든.'

하물며 남궁용자가 소개해 준 사람이다.

이미 다 알고 돈까지 준비해서 왔는데 여기서 '나는 그런 거 모릅니다.'라고 해 버리면 이쪽은 무시당하는 꼴밖에 안 된다.

"아, 영장요."

한도경은 눈을 데굴데굴 굴렸다.

그동안 몰래 알음알음 해 오던 일이다.

당연히 이 모든 일이 홍보할 수 있는 건 아니고, 무조건 소개로 들어올 수밖에 없는 일이다.

"알겠습니다."

결국 한도경은 고개를 끄덕거렸다.

"신검이 언제입니까?"

"2주 남았습니다."

"흠…… 시간이 좀 빡빡하군요."

한도경은 조심스럽게 말했다.

"일단 이번 건은 철저하게 기밀에 부쳐야 합니다."

"확실한 겁니까?"

"확실한 겁니다. 국방부에 진단서가 들어가면 그걸 대조

하기가 애매하거든요.”

그는 조심스럽게 말했다.

“하지만 진료 기록을 비교하면 되지 않습니까?”

노형진은 슬쩍 물었다.

사실 그 부분이 이상했다.

정신과 치료가 문제가 되는 게 진료 기록이 존재한다는 것이다.

보험 처리를 하려면 당연히 정부에 자료를 넘겨야 하는데, 자료를 넘기면 그가 다녔다는 기록이 나오게 된다.

“아무래도 정신과 치료는 그 부분에 허점이 있습니다.”

“허점?”

“네. 사회적인 시선 때문에 비급여로 처리하는 분들이 많으시거든요.”

“아하!”

비급여란 국민건강보험에 신청하지 않고 환자가 돈을 모조리 내는 것을 의미한다.

실제로 그런 경우 기록이 넘어가지 않기 때문에 국민건강보험의 기록에서는 그의 진료 기록을 확인할 수가 없다.

“아무래도 한국은 그런 부분에서 뭐랄까, 보수적이지 않습니까?”

“그렇지요. 무슨 뜻인지 알겠습니다.”

정신적으로 치료받았다는 기록을 남겨서 불이익을 받느니

차라리 비급여로 돈을 내고 만다는 사람들이 적지 않은 게 정신과 치료다.

"그 기록 중 하나를 바꿀 겁니다."

"아아."

그러면 진료 기록과 처방 기록이 완성되니 그걸 제출하면 되는 거다.

'그런 수였냐? 머리 좋은 새끼.'

노형진은 속으로 비웃음을 날리면서도 겉으로는 생글생글 웃었다.

"다만 이후에 그쪽에서 심리검사를 할 겁니다. 하지만 그 답은 제가 알려 드릴 테니 걱정하지 않으셔도 됩니다."

"문항이 많습니까?"

"문항은 많습니다만, 설문지 내에 중복 문항이 많으니 어렵지는 않을 겁니다. 그래도 문항이 많으니까 2주 동안 빡세게 외우셔야 합니다."

"좋습니다. 그러면 이 근처에 방을 잡아 두도록 하지요."

"그럴 필요까지는 없습니다. 제가 체크된 답을 드릴 테니 그걸 가지고 가서 외우시면 됩니다."

노형진은 고개를 끄덕거렸다.

"선생님만 믿겠습니다."

"걱정하지 마십시오! 절대 안 걸립니다, 하하하!"

한도경은 호탕하게 웃었다.

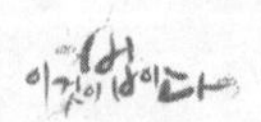

그러나 그는 그런 자신을 노형진이 날카로운 눈으로 바라보고 있다는 것을 알지 못했다.

'그건 네 생각이고, 후후후.'

⚖

그냥 가지고 가서 고발할까 하던 노형진은 좀 더 자극적인 방법을 쓰기로 했다.

실제로 그걸 외우고는 조석장이 신검을 받으러 간 것이다.

가능성이 있다는 것과 그게 통과되는 것은 전혀 다른 문제니까.

그리고 그날 저녁 조석장은 면제 처분을 받고 변호사 사무실로 찾아왔다.

"이게 이렇게 쉽게 된다고?"

"쉽지는 않지만 뭐 가능하기는 한 거지."

애초에 정신적으로 문제가 있다는데, 그리고 그게 증명되었는데 재검하고 그럴 이유는 없다. 도리어 그랬다가 진짜 사고가 나면 여러모로 복잡해지니까.

"그러면 이제 카드는 너한테 넘어갔네."

노형진은 오광훈을 바라보았다.

"네가 이제 한도경을 잡으면 되는 거야."

"그리고?"

"그리고 이 녹음 파일을 공개하는 거지."

그 안에는 남궁용자의 이름이 들어 있다.

당연히 노형진이 준 5억에 대한 내용도 있다.

노형진은 한도경에게 그걸 돌려 달라고 할 테고 말이다.

"이제 끝장을 보자고, 후후후."

⚖

한도경의 뉴스는 빠르게 전국으로 퍼졌다.

그럴 수밖에 없는 것이, 한도경의 경우는 단순히 신체를 훼손한 병역 비리가 아니라 부자들만을 위한 맞춤형 병역 비리였기 때문이다.

—정신적 치료가 필요한 많은 사람들이 비급여로 치료받는 것을 이용해서 그 자료를 조작하는 방식으로 다수의 사람들이 군에 가는 것을 피했다고 합니다.

뉴스를 보던 남궁용자와 남궁한수는 입술이 바짝바짝 말랐다.

한도경의 병원과 집이 모조리 압수 수색이 되었고 그의 통화 기록이 모조리 뒤져지고 있었다.

"아, 아빠, 이거 어떻게 되는 거야?"

"이런 젠장, 이거 어떻게 되어 가는 거야?"

남궁용자는 상황을 알아보기 위해 여기저기 전화를 넣어 봤지만 도무지 답이 없었다.

일단 그는 현금을 쥐고 있는 부자였기 때문에 그다지 라인이 많지 않았고, 그나마 가진 라인들도 이번 사건과는 거리가 좀 있는 것들뿐이었다.

"안 되겠다. 한수야, 너 당분간은 하와이로 가 있어라."

"하와이?"

"너 이대로 군에 끌려갈 거야?"

남궁한수는 격하게 고개를 흔들었다.

그랬다가는 자신은 죽을 테니까.

평생을 방종하게 산 그가 군에서 제대로 적응하는 것은 불가능에 가까웠다.

"일단 하와이에 있다가, 일이 잠잠해지면 들어와."

"알았어."

다급하게 짐을 싸는 남궁한수.

하지만 그는 결국 하와이로 가지 못했다.

쾅쾅, 문을 두들기는 소리와 함께 목소리가 들려왔기 때문이다.

"남궁한수! 거기에 있는 거 알아! 나와! 병역법 위반으로 체포한다."

"아, 아빠?"

"어, 어떻게……."

이렇게 빨리 올 줄 몰랐던 남궁용자는 마음이 다급해졌다.

"아빠, 어떡해요? 어떻게 해요?"

"이, 일단…… 숨어! 숨어!"

어떻게 해서든 아들을 숨기려고 하는 그였지만 이미 소용없는 일이었다.

그걸 감안해서 오광훈은 수색영장까지 준비했으니까.

"문 따!"

"다, 당신들 누구야! 뭐 하는 거야!"

수색영장이 있으면 강제로 문을 열고 돌입할 수 있다.

오광훈은 문을 강제로 열고 안으로 들어갔고, 남궁용자는 어떻게 해서든 그들을 막으려고 했다.

그러나 그럴 수가 없었다.

"오, 남궁용자 씨도 여기 계시네."

"뭐?"

"남궁용자 씨, 당신도 병역법 위반 혐의로 체포합니다."

"자, 잠깐…… 뭐 하는……."

다급하게 손을 휘젓는 남궁용자였다.

하지만 수사관은 가차 없이 그의 손목에 수갑을 채웠다.

때마침 안에서 남궁한수가 질질 끌려 나오는 것이 보였다.

"아, 아빠! 살려 줘요! 살려 줘요!"

"아, 안 돼!"

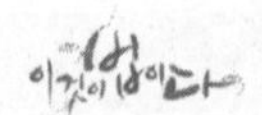

"돼!"

오광훈은 그렇게 말하면서 씩 웃었다.

"안에 증거가 있을지도 모른다. 관련 자료들을 압수해! 컴퓨터도 압수하고!"

부자가 나란히 수갑이 채워진 채로 질질 끌려 나왔고, 좀 떨어진 곳에서 노형진은 그걸 바라보면서 미소 지었다.

"이제 끝난 건가요? 병역법 위반으로 처벌을 피할 수가 없으니까."

"아니, 그건 아니고요."

노형진은 고연미의 말에 고개를 흔들었다.

"전에도 말했지만 남궁한수가 의사가 되지 못하게 해야 합니다. 그리고 그건 지금부터지요."

"하지만 어떻게요?"

"뭐, 간단합니다. 머리가 얼마나 좋은지 모르지만 한 3년쯤 푹 썩고 나면 잘 돌아가던 머리도 안 돌아가게 되기 마련이거든요."

노형진은 실실 웃으며 말했다.

"어디 얼마나 머리가 잘 돌아가는지 두고 보지요, 후후후."

⚖

"징역 1년 5개월?"

"네."

노형진은 판사를 만나고 있었다.

남궁한수의 재판을 담당하는 판사였다.

"애초에 오광훈 검사가 청구한 게 징역 1년 5개월인데?"

"맞습니다. 그걸 승인해 주셨으면 합니다."

"어째서?"

판사는 고개를 갸웃했다.

징역 1년 5개월, 짧다면 짧고 길다면 긴 시간.

그런데 노형진이 왜 딱 그 기간을 요구하는지 알 수 없었다.

"당연히 군대를 보내기 위해서지요."

"군대를? 아, 그랬나?"

현행법상 피의자가 징역 1년 6개월 이상의 실형을 받으면 병역이 면제된다.

하지만 징역 1년 5개월은 그 미만이다.

"그 녀석이 제대로 군 생활을 하게 해야 하지 않겠습니까?"

"흠, 특이한 경우이기는 한데……."

"좀 길기는 하지만 그래도 사례가 없는 건 아니지 않습니까?"

"그건 그렇지."

병역 비리의 경우 많은 판사들이 가능하면 징역 1년 6개월

이하로 처벌한다.

이유는 간단하다.

병역 비리로 군에 갔다 오지 않은 놈을 그 이상으로 처벌하면 그 녀석은 진짜 군에 가지 않게 되니까.

"하지만 교묘하게 다시 법에서 처벌하는 거지요."

현실적으로 교도소에서 1년 5개월을 산 후에 다시 병역을 해야 한다는 것은 사람 미치게 만드는 일이다.

물론 진짜 군대를 안 가는 것은 아니다.

징역을 사는 경우 군대가 아니라 사회 복무 요원, 그러니까 소위 말하는 공익으로 가게 된다.

"뭐, 딱히 어려운 부탁은 아니지 않습니까?"

"그건 그렇지. 판례도 그렇고 딱히 청탁이라고 보기도 어렵고."

만일 처벌을 깎아 달라고 하거나 처벌을 확 늘려 달라고 했다면 청탁이 되겠지만, 노형진의 부탁은 현실적으로 일반적인 처벌에 준한 것이었다.

웃긴 일이지만 현행법상 병역 문제로 재판하는 경우는 보통 두 가지 종류로 나뉜다.

하나는 병역 거부, 하나는 병역 비리.

전자는 보통 종교나 양심에 의한 문제다.

국민에 대한 폭행을 거부해서 처벌받은 전경이나 해외 파병에 저항해서 복무를 거절하는 경우 판사들은 징역 1년 6개월을 선고하는 게 보통이다.

그렇게 함으로써 그가 병역의 의무에서 벗어나게 해 주기 위해서다.

현행법상 범죄행위가 맞기는 하지만 심적으로는 어느 정도 이해한다고 볼 수 있다.

하지만 이런 병역 비리 같은 경우는 대부분이 1년 5개월 이하다.

짧게는 8개월, 길게는 1년 5개월. 지금처럼 돈으로 사고친 놈들은 꽉 채워서 1년 5개월이 보통이다.

군대를 빼 주기 싫은 건 판사도 마찬가지니까.

"그런데 이게 복수가 되는 건가?"

"됩니다, 충분히."

노형진은 자신 있게 말했다.

"의외로 쉽게 합의가 되었네요."

"자기들이 재판에서 밀리고 있으니 상황이 다급한 거지요. 물론 별개의 재판이기는 하지만 아무래도 여러 가지로 싸우려면 복잡하니까요."

노형진이 요구한 4억을 그쪽은 결국 받아들였다.

그들 입장에서는 그 돈을 가지고 싸우기에는 상황이 너무나 다급했기 때문이다.

"남궁용자도 처벌받았고 남궁한수도 처벌받았습니다. 대충 복수는 끝났네요."

"대충?"

노형진의 말에 고연미가 고개를 갸웃했다.

"대충이라는 게 이해가 안 가는데요. 감옥에 갔잖아요."

"네, 감옥에 갔지요. 그리고 나오면 사회 복무 요원이 될 겁니다."

"그래서요?"

"그리고 사회 복무 요원은 군인은 아니지만 군인처럼 취급됩니다."

그게 무슨 소리냐면, 만일 업무 시간에 뭔가를 잘못하면 현역병으로 끌려가지는 않지만 그 대신에 복무 일수가 늘어난다는 것이다.

"거기 공무원이나 백수를 하나 붙여서 그 인간을 감시하는 건 어려운 일이 아니지요."

"아하!"

그런 성격, 거기에다 리벤지 포르노 유포자라는 점을 감안하면 아마도 거기서 좋은 꼴을 보기는 힘들 것이다.

당연하게도 그곳에서 공무원들에게 적당히 사례하면 그의 복무 상태를 감시해 줄 테니, 걸리는 것마다 고발할수록 그의 군 생활, 아니 사회 복무 요원 생활은 길어질 수밖에 없다.

"저 성격에 고개를 숙여 가면서 사회 복무 요원으로 활동하기는 힘들 테고요."

순간 빡쳐서 주먹이라고 휘두르면 다시 감방으로 보내는 건 일도 아니다.

"아마 다시는 의사는 꿈도 꾸지 못할 겁니다."

"부족하기는 하지만 그래도 나름의 복수는 되네요."

"그렇기는 하지요."

노형진은 그렇게 말하면서도 여전히 걱정이 많았다.

"남은 건 하영주 씨입니다. 결국 이 모든 건 당사자가 어떻게 버티느냐의 문제라서요."

다행히 노형진이 인터넷상에서 영상은 싹 털었기 때문에 더 이상 영상이 돌거나 할 일은 없다.

그러나 그렇다고 해서 난도질이 된 하영주의 정신이 멀쩡해지는 것은 아니었다.

"이런 건 참 슬픈 일이네요."

"어쩔 수 없습니다. 범죄의 피해자가 다시 일어나는 것은 외부의 문제가 아니라 본인의 문제니까요."

그리고 노형진은 하영주가 스스로 일어날 수 있기를 바라는 것 말고는 이제 해 줄 수 있는 게 없었다.

이게 바로 뒤통수에 칼을 꽂는 거지

-한국에서 전쟁이 나면 수천만의 난민이 일본으로 넘어올 겁니다. 일본 정부는 지금이라도 병력을 확충해서 그 난민들을 사살할 준비를 해야 합니다. 일본은 한국의 난민들을 포용해 줄 이유가 없습니다.

방송을 보면서 유민택은 혀를 끌끌 찼다.

"저 새끼들은 점점 더 심해지는군."

"그러게요. 아주 작정한 것 같은데요?"

"그러게 말이야. 그런데 자네가 이렇게 여유를 부릴 때는 아니지 않나? 자네에게는 일본의 진보가 아군이잖아?"

"일본 보수를 상당수 흔들고 있긴 하지만 그건 어디까지나 일왕가를 이용해서 흔드는 것뿐이지요. 내부에 적을 만든 거지 그들이 아군인 것은 아닙니다."

"그런가?"

"일본 극우의 핵심은 바로 혐한입니다."

만일 노형진이 손에 넣은 집단이 혐한을 멈추면 그때부터는 지명도에서부터 밀리기 시작한다.

당연히 세력도 줄어들 수밖에 없다.

더군다나 그들을 손에 넣었다고 해도 그걸 아는 건 극히 일부 수뇌부일 뿐, 대부분은 천황이라는 이름하에 뭉쳐서 자기 의견을 외치는 것뿐이다.

"결론적으로 말하면 일본의 혐한을 멈출 방법은 없다고 봐도 무방합니다."

"그래도 그렇지, 요즘 너무 과한데."

"좀 과하기는 하지요."

노형진은 그렇게 말하면서 고개를 끄덕거렸다.

'생각보다 빠르게 변하고 있어. 아무래도 대통령이 바뀐 게 문제인 것 같은데.'

원래 역사에서 지금 대통령은 극단적 친일이었다.

아니, 극단적 친일이라고 표현하기에도 부족할 정도로 일본에 대해 저자세였다.

일본에 대꾸하는 것조차도 두려워했으니까.

물론 지금 대통령인 홍안수 역시 친일파인 것은 사실이나

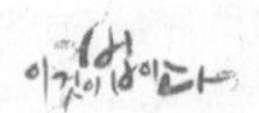

자기 이득을 챙기는 친일파다.

그렇다 보니 일본에서는 불편해하는 부분이 있었다.

쉽게 말해서 홍안수는 일본의 장학생이었는데 대통령이 되자 갑자기 자기 이득을 위해 일본에 이빨을 드러낸 셈이었으니, 노예 주제에 이빨을 드러낸 홍안수에게 일본은 불편한 기색을 드러낼 수밖에 없었다.

"일본의 혐한이 단순히 정치적 문제라고 생각하나?"

"그것보다는, 결국 일본의 현 상황을 해결할 방법이 없으니까요."

"방사능 말이군."

"네. 현재 일본의 경제는 무너지고 있으니까요."

쉽게 말해서 일본의 경제는 빛 좋은 개살구다.

외부적으로는 양적 완화로 인해 아주 호황인 것으로 보이지만 내부의 빚은 넘치고 갈등은 심화되고 있다.

그렇다 보니 일본 입장에서는 사람들의 시선을 외부로 돌려야 하는데, 만만한 게 한국이다.

"왜 하필이면 한국이야?"

"일단 경제력이 일본보다는 약하니까요. 그리고 자기들 입장에서는 노예가 자신들을 따라잡은 셈이니까 기분 나쁠 수밖에요."

"단순히 그걸로?"

"음…… 저는 개인적으로 우리나라 정부가 너무 물러서라고 생각합니다."

"무르다고?"

"네. 다른 나라처럼 극단적 보복을 하지 않거든요."

과거에 일본이 중국이나 러시아와 대립한 적이 없는 것은 아니다.

하지만 일본은 그들이 발끈한 순간 움찔할 수밖에 없었다.

중국은 일본에서 도발하자 희토류를 끊어 버리는 선택을 했는데, 전자 기기 강국인 일본의 입장에서는 사실상 사형선고나 마찬가지였다.

엄밀하게 말하면 희토류가 들어가는 반도체가 일본의 주요 상품 중 하나이고 또한 흑자 자산 중 하나인데 그게 막혔으니까.

당연히 그 자리는 빠르게 한국 기업들이 집어삼켰다.

그 이후에 빡친 일본이 중국산 희토류 수입을 줄였지만 빼앗긴 점유율을 되찾아오지는 못했다.

그때쯤부터 일본의 반도체 기술이 급속도로 낙후되기 시작했기 때문이다.

"그러니까 우리가 자기네 걸 빼앗았다 이건가?"

"뭐, 그렇게 생각할 수도 있지요. 하여간 일본 입장에서 중국은 경제적으로 거래가 많기 때문에 두려운 대상입니다. 거기에다 관광객 문제도 있고요. 중국 놈들은 당, 아니 국가 차원에서 일본 광관을 막아 버릴 수 있는 놈들이니까요."

그렇다 보니 일본도 중국을 적대시하기에는 부담을 느낀다.

하나 그렇다고 자기 물건을 다 미국에 팔 수 있는 것도 아니고 말이다.

"러시아 같은 경우는 뭐, 개기면 핵 투발 수송기가 순회공연을 하러 오니까."

그때마다 일본은 난리가 난다.

사실 러시아에서 일본을 친다면 채 일주일도 안 걸린다.

아무리 일본의 해군이 강하다고 해도 러시아의 핵미사일보다는 약하니, 러시아 육군이 상륙하는 순간 일본은 순식간에 쓸려 나갈 테니까.

"하지만 미국이 있지 않나?"

"그게 문제입니다. 아예 대놓고 쳐들어오면 미국이 끼어들 수 있겠지만 이런 무력시위는 애매하거든요."

미국과 러시아가 싸운다는 것, 그건 3차세계대전을 의미한다.

그렇다 보니 미국 역시 섣불리 싸움에 끼지 못한다.

"정치적 함정이지요."

상호방위조약이 있다고 하지만 그건 어디까지나 전면전을 상정하고 만들어진 조약이다.

단순한 국지전이라면 미국은 3차세계대전에 대한 부담으로 쉽게 끼어들지 못한다.

"그래서 중국과 러시아는 마치 국지전 정도는 얼마든지 할 수 있다는 식으로 마구 찌르는 겁니다."

"한국은 아니고?"

"한국이 국지전이 되기나 하겠습니까?"

일본과 국지전을 벌인다면 결국 바다에서만 싸우게 될 텐데, 한국 해군은 일본보다 약하다.

어떻게 해결한다고 해도, 한국군이 일본에 상륙하는 순간 국지전이 아니게 된다.

"그러니 한국은 그냥 발끈하고 말 수밖에 없거든요."

더군다나 허울 좋은 아군이라는 족쇄 때문에 강하게 뭐라고 하지도 못한다.

기껏해야 유감 표명 정도이고 미친 짓거리를 하지 못하니까, 일본이 적으로 삼기에 딱 좋은 대상이다.

"그러니 아무래도 때릴 만한 거지요. 더군다나 여차하면 침략도 가능할 수 있고."

"침략?"

"일본은 방사능 때문에 살 수 없는 땅이 되어 가고 있습니다. 그러면 이주해야 하는데, 지금 지구에 빈 땅이 있던가요?"

없다. 모든 땅은 각 국가의 소속이다.

그러면 결국 다른 국가의 땅을 빼앗아야 한다는 소리가 된다.

"한국이 만만하다 이거군."

"네, 더군다나 아군끼리의 분쟁인 만큼 미국도 끼어들지 않을 수도 있고요."

더군다나 미국은 일본의 오랜 로비 때문에 일본 지지 세력이 훨씬 우세하다.

"아마 일본에서 침략 결정이 나올 수 있었다면 벌써 침략했을걸요."

"설마."

"설마가 아닙니다. 저 애들이 설마 전쟁 가능 국가를 만들어서 아프리카로 가겠습니까?"

"끄응."

결국 일본의 의견은 명확하다.

반일로 정권을 잡고 반일로 군대를 준비해서, 최악의 경우 한국과의 전쟁도 불사하겠다는 것.

"그게 쉬운 일이 아닐 텐데."

"일단 제가 가만히 당할 생각도 없고요."

"응? 뭐, 자네가 전쟁이라도 하려고?"

노형진은 빙긋 웃었다.

"슬슬 이제 싹쓸이를 해 볼까 생각 중입니다."

"싹쓸이?"

"네. 우리가 키운 정치 꿈나무들이 있지 않습니까?"

지난 몇 년간 지속적으로 홍보한 사람들.

그들은 노형진에게 포섭된 사기꾼이자 친한파다.

물론 철저하게 자신의 본성을 감추고 숨어 있지만 말이다.

"이제 슬슬 그들을 전면으로 내놔도 될 거라 생각합니다."

"그들을 말인가?"

"그래야지요. 우리가 뭐 돈이 넘쳐서 그들을 포섭한 게 아니지 않습니까?"

"그건 그렇지."

고개를 끄덕거리는 유민택.

"하지만 그게 쉽겠나? 일본의 중의원 선거는 언제 할지 모르고, 참의원 선거는 아직 멀었는데."

일본은 선거가 두 번 있다.

미국으로 치면 하원인 중의원 선거, 그리고 상원인 참의원 선거.

중의원은 4년 임기이지만 임기 보장이 없다.

그러니까 수틀리면 언제든 해산하고 다시 뽑을 수 있는 게 바로 중의원이다.

역사적으로 중의원 임기를 제대로 끝낸 건 1976년 한 번뿐이고, 그나마도 타이밍을 놓쳐서 해산 못 하는 바람에 그랬던 것이다.

그러니까 중의원 선거를 언제 할지 알 수가 없다.

"참의원 선거가 있지요. 그건 내년입니다."

"그랬나? 일본은 임기가 짧은가? 얼마 안 된 것 같은데."

"일본의 참의원은 좀 다르거든요."

한 번에 모든 의원을 바꾸는 한국의 선거와 다르게 일본의 참의원 선거는 3년마다 한다.

그런데 전부를 바꾸는 게 아니라 절반만 바꾸고 다시 3년 있다가 나머지 절반을 바꾼다.

쉽게 말해서 참의원의 임기는 6년이라는 소리다.

그리고 참의원은 중의원과 다르게 그 임기가 보장된다.

"제 생각에는 지금쯤 일본의 정부를 흔드는 게 좋을 것 같습니다. 그리고 그와 동시에 중의원을 노리는 거지요."

"중의원 선거를 노린다고? 언제 할지도 모르는 걸?"

"언제 할지 모르는 걸 노리는 게 아니라, 할 수밖에 없도록 만드는 겁니다."

"할 수밖에 없도록 만든다?"

"그렇습니다."

노형진은 진지한 얼굴로 말했다.

그동안 진행된 일을 하나씩 거둬들이는 시점이다.

그리고 지금 일을 진행해야 내년 참의원을 쓸어 올 수 있다.

"간단하게 말해서 이겁니다. 참의원 선거에서 다수의 의석을 차지하기 위해 현재 일본의 정권을 붕괴시키고 의회를 해산시키는 겁니다."

노형진의 말에 유민택의 얼굴이 핼쑥해졌다.

그건 진짜 대놓고 일본을 흔들겠다는 소리나 마찬가지였기 때문이다.

"그게 무슨 말인가? 어떻게? 그게 쉬울 리가 없지 않나?"

지금까지 일본은 정권이 바뀐 일이 거의 없다.

그런데 정권을 붕괴시키겠다니?

"정권을 바꾸려고 하는 건가? 아니, 그게 가능하다고 생각하나?"

"네? 정권을 바꿔요? 아하! 아닙니다. 정권을 바꾸지는 않습니다."

일본의 선거제도는 아주 괴상하다.

노형진이 아무리 노력한다고 해도 그 선거를 뚫고 자민당을 비롯한 극우 세력을 박멸하지는 못한다.

"다만 친한파 세력을 조금씩 늘려 가는 데 의의가 있는 겁니다. 이런 말 하긴 그렇지만 일본의 자민당에 대한 지지는 너무 확고해서, 제가 아무리 노력해도 세력을 줄일지언정 확실하게 뒤집지는 못합니다."

문제는 그 지지라는 것이 정치적인 신념이나 정치학적인 지지가 아니라는 거다.

일본의 자민당에 대한 지지는 말 그대로 무식해서 하는 지지다.

"제가 일본을 죄다 각성시킬 수는 없는 노릇이니 당연히 세력을 줄일 수는 있을지언정 정권을 바꾸지는 못합니다."

노형진은 확실하게 말했다.

자신이 못하는 것은 못한다고 말해 둬야 오해가 생기지 않으니까.

"다만 그 안에 스파이를 심을 수는 있겠지요."

"일본이 한국에 한 것처럼 말인가?"

"맞습니다."

그들은 일본의 주요 정보를 이쪽으로 넘길 것이다.

'그리고 조만간 민영화 바람이 불겠지.'

일본은 현재 지독한 예산 부족 현상을 겪고 있다.

그럴 수밖에 없다. 경제는 박살 나고 있는데 후쿠시마 재건으로 몇십 조를 넘어서는 돈을 넣어야 한다.

그러니 경제가 박살이 안 날 수가 없다.

'그리고 그걸 보충하기 위해 공기업들을 민영화하기 시작한다.'

그게 노형진이 알고 있는 미래다.

당연히 침몰하는 배 안에서 크게 한탕 하려는 일본의 정치인들의 목적도 있고 말이다.

공기업을 민영화한다는 것.

그건 그 나라의 숨통을 기업에 맡긴다는 것이다.

그리고 노형진은 그걸 쥐는 것이 목적이었다.

당장 전임 대통령도 기를 쓰고 한국의 주요 공공기업들을 민영화하려고 했다.

하지만 실패했다. 국민들의 저항이 거셌기 때문이다.

'하지만 일본은 그런 저항이 거의 없지.'

그러니 경쟁자들만 제치면 충분히 공기업을 집어삼킬 수 있다.

물론 먼 미래의 계획이지만 말이다.

민영화 계획이야 외부에 나오니 그때 노형진이 입찰하면 그만이다.

그러나 민영화하려면 누군가를 통해 정치인들에게 뇌물을 뿌려야 한다.

당연하게도 그 라인은 믿을 만한 사람이어야 하는데, 중의원이나 참의원 같은 사람이라면 당연히 신뢰할 만하다.

"흠…… 선거를 흔든다라……."

물론 그 계획을 모르는 유민택은 단순히 그쪽에 스파이를 심는 정도로 생각하는 모양이었지만, 고작 스파이를 심자고 그 돈을 쓴 게 아니었다.

"그런데 말일세, 그런다고 해도 선거를 어떻게 흔들겠다는 건가? 사실 이해가 안 가네만."

"우리나라의 모 정치인께서 하신 말씀이 있지요. '정권을 잡기 위해서는 나라 경제를 망쳐야 한다.'."

"아, 그래. 그런 적이 있지."

물론 그 기록은 이제 인터넷에서 삭제되었다.

그 정치인과 정당에서 사적인 자리에서 한 말이 실수로 촬영된 것뿐이라, 당연하게도 해당 정당과 정치인이 어마어마한 압력으로 관련된 모든 기록을 삭제했으니까.

"마찬가지입니다. 아무리 무식해서 정권 변동이 없다고 해도 궁극적으로 먹고살기 힘들어지면 변화를 원하는 것이 바로 사람이거든요."

자신을 굶게 만드는 정치인보다 자신의 입에 뭐라도 넣어 주는 정치인이 좋은 것은 당연한 일.

"하지만 일본에 그 정도 타격을 주려면 쉽지 않을 텐데. 선불리 수출을 금지하거나 할 수는 없지 않나?"

노형진은 고개를 끄덕거렸다.

"맞습니다. 그건 명백하게 큰 문제가 될 겁니다. 또 그런다고 해서 일본에 경제 위기가 올 정도는 아니겠지요."

"그러면 어떻게 위기를 불러올 생각인가?"

노형진은 미소를 지었다.

"간단합니다. '주주권'을 행사할 겁니다, 후후후."

⚖

주주권.

그 회사의 주식을 가진 자가 주인으로서 행사하는 권리.

노형진은 지금 상황을 위해 오랜 시간을 기다려 왔다.

충분한 주식을 모으고 충분히 힘을 축적했다.

그리고 오늘 드디어 일본의 경제에 쐐기를 박기 위해 주주권을 행사했다.

노형진이 주주권을 행사한 곳은 다름 아닌 미국의 보험회사들이었다.

"저는 컨슬링의 대주주 중 한 명으로서 컨슬링의 방만한 경영에 대해 문제를 제기하고 그 책임을 물어 경영인 교체를 요구하는 바입니다."

컨슬링보험은 미국에서도 상당한 규모의 보험사다.

그래서 미다스도 주식을 가지고 있고, 마이스터 역시 적지 않은 돈을 투자하고 있다.

그런데 갑자기 노형진이 주주권을 행사하고 의제를 내걸자 컨슬링보험 쪽은 난리가 났다.

미국은 자본주의국가라 자본가의 힘이 무척이나 크다.

당장 잘릴 위험에 처한 컨슬링의 CEO는 당연히 노형진의 말에 다급하게 항변할 수밖에 없었다.

"저는 컨슬링에 큰 피해 없이 잘 운영해 오고 있습니다!"

"우리는 주주입니다. 무난한 경영이 아니라 이익을 바랍니다."

"그건……."

컨슬링의 CEO 잭 바우어는 침을 꿀꺽 삼켰다.

노형진의 말이 맞다. 당장 모든 주주들은 이익을 바라지, 무난한 경영을 하라고 비싼 돈을 주고 자신을 이 자리에 둔

게 아니다.

"하지만 그게 쉽지 않습니다. 아시다시피 인디언 자치구 내의 병원들이 워낙 많아져서 사람들이 그쪽으로 몰려가고 있어서……."

"그러면 그쪽 병원들과 손잡으면 되는 거 아닙니까?"

"하지만 그들은 소울보험과 손잡고 있습니다."

소울보험. 인디언 자치구 내의 병원들과 손잡고 있는 유일한 보험이다.

당연히 인디언들이 운영하는 보험이다.

그 보험과 병원 덕분에 인디언들은 막대한 이익을 얻고 있고, 그만큼 컨슬링보험은 손해를 보고 있었다.

"이건 저의 잘못이라기보다는 갑작스러운 상황에서의 대응책이 마땅치 않기 때문입니다."

이기고 싶다고는 하지만 기본적으로 치료비가 훨씬 싸다 보니 당연히 사람들이 그쪽으로 몰릴 수밖에 없다.

더군다나 기업이라는 곳은 이권을 위해 움직이는 집단이다.

미국에서 최고의 복지는 의료보험 가입이라고 할 만큼 비싼 가격을 자랑하니, 더 싼 가격에 서비스를 제공하는 인디언 보험에 기업들이 가입하는 것은 당연한 일이다.

"인디언 보호 구역에 위치한 병원의 문제는 단순히 우리만의 문제가 아닙니다. 그로 인해 다른 기업들 역시 손해를 보고 있습니다. 기본적으로 인디언 자치구 병원의 존재는 생태학적인 환경의 변화라고 봐야 합니다."

"그러면 그 환경에 적응해야 하지 않습니까?"

'그게 쉽겠냐!'

갑자기 가격을 절반 이하로 낮추라고 하면 그게 가능한 기업은 많지 않다.

더군다나 그렇게 가격을 낮추면서도 수익을 그대로 보전한다는 건 말도 안 되는 소리다.

그게 가능했으면 자기가 기업을 만들었지 CEO로 남아 있지도 않을 것이다.

"그 부분은 좋습니다."

노형진은 고개를 끄덕거렸다.

어차피 이건 노형진이 다른 주주들을 자극하기 위해 꺼낸 이야기일 뿐, 애초에 그걸로 뭐라고 할 생각은 없었다.

애초에 노형진이 인디언 보험의 대주주이니까 그걸 가지고 뭐라고 할 이유도 없었다.

그럼에도 불구하고 노형진이 그 이야기를 꺼낸 것은 다른 주주들이 열 받게 만들기 위해서다.

"그런데 암 환자에 대한 보험을 무차별적으로 제공하는 이유가 뭡니까?"

"네? 그게 무슨 말씀이십니까?"

"마이스터의 조사 결과 지난 몇 년간 암 환자에 대한 지급

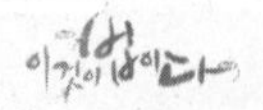

액이 점점 늘어나고 있습니다. 그렇지요?"

"네, 그렇습니다만."

환경이 변해서 그런지 전 세계적으로 암 환자는 급속도로 늘고 있다.

당장 한국만 해도 다수의 암 전문 병원이 생기고 대형 병원들은 아예 암 전문 병동을 만들고 있는 상황이다.

그러니 지급액이 늘어나는 것은 당연한 일이다.

"그렇습니다만이라니요? 자발적으로 암에 걸리는 사람에게까지 암 치료비를 지원하는 것은 말이 안 된다고 생각하지 않습니까?"

"자발적으로 암에 걸린다고요?"

"그게 무슨 말입니까?"

"말도 안 되는 소리입니다! 그런 일이 있을 리가 없지 않습니까?"

암은 왜 발병하는지 여전히 미스터리인 병이다.

발암 물질이라는 이름이 있기는 하지만 엄밀하게 말하면 발암 확정 물질은 극히 일부이고, 대부분의 발암 물질이라고 하는 것은 암을 일으키리라고 추정될 뿐이다.

"단순히 암을 유발시킬 수도 있다고 추정되는 물질에 접촉했다는 이유로 보험금을 지급하지 않을 수는 없습니다."

현실적으로 인간이 만든 대부분의 화학물질은 발암 추정 물질에 해당된다.

새로 생긴 물질이고 그게 인간의 몸에 어떤 장기적 효과를 주는지 실험하기에는 그 존재 기간이 너무 짧았기 때문이다.

"하지만 제가 알기로는 확정적으로 암을 일으키는 물질을 섭취하거나 그걸 쬔 사람에게까지 돈을 지급했던데요?"

"그럴 리가요!"

일단 어떤 미친놈이 암에 걸리겠다고 그런 물질을 먹겠는가, 암에 걸리면 죽는 수밖에 없는데!

그리고 보험회사가 미치지 않고서야 그런 사람에게 돈을 줄 리가 없다.

애초에 자발적으로 다치거나 하는 건 명백하게 보험의 대상에서 벗어나도록 되어 있다.

당연히 암에 걸린다는 것을 알면서도 자발적으로 발암 물질을 먹는 것도 그중 하나에 포함된다.

"그럴 리가 없습니다. 저희는 발암 물질을 섭취하는 사람을 본 적이 없습니다."

"그래요?"

노형진은 피식하고 웃었다.

당연히 모를 것이다.

지금까지 누구도 그다지 심각하게 생각하지 않았으니까.

'눈에 보이지 않으면 두렵지도 않은 거지.'

노형진은 사장인 잭 바우어를 바라보면서 날카롭게 말했다.

"그러면 일본에 자발적으로 입국하는 사람들은 뭡니까?"

"네?"

"일본은 원전 사고로 인해 거의 모든 국토가 방사능에 오염되어 있고, 이미 수차례 조사를 통해 방사능 오염 지역에서 생산되는 농산물을 일본에 입국한 외국인 관광객들에게 공급하는 형식으로 소비하고 있다는 것이 드러났습니다."

"그, 그건……."

이미 그 사건은 전 세계를 발칵 뒤집어 놓았다.

노형진이 방사능 농산물을 대규모 공장에 공급해서 관광객들과 공장 직원들에게 먹인 걸 증명했다.

"이미 일본에서 벌어진 피폭 문제로 인해 소송이 진행 중이고 그로 인한 발암이 확인되고 있는 상황입니다. 그런데 회사에서는 일본에 갔다 온 사람들에게 확인도 없이 보험료를 지불하고 있더군요."

"어…… 그게……."

잭 바우어는 당황해서 말을 못 했다. 그건 사실이니까.

딱히 여행에 관해서는 신경 쓰지 않았다.

미국은 자유국가이기에, 국민이 어디를 가든 그다지 신경 쓰는 나라가 아니다.

'하지만 그건 어디까지나 그 나라가 안전한 국가일 때의 이야기지. 미국의 보험회사들이 어떤 놈들인데.'

그들은 독하다 못해서 잔인하다.

실제로 어떤 사람이 암에 걸렸는데 그들은 암 치료비를 주지 않기 위해 그 사람에게 소송을 걸었다.

그 이유가 가관인 게, 보험을 가입할 때 질병에 대한 고지사항이 있는데 그 사람이 무좀이 있다는 것을 고지하지 않았다는 것을 문제 삼은 것이다.

사실 무좀은 질병으로 보기에도 애매할 정도로 뻔하고 흔한 피부 질환이고, 암과는 전혀 상관이 없다.

그런데 오로지 돈을 주지 않기 위해 소송을 걸었다.

그렇게 독한 놈들이, 과연 돈을 지급하지 않아도 되는 기회가 온다면 어떻게 할까?

'당연히 눈이 벌게지겠지.'

노형진은 그렇게 생각하면서 잭 바우어를 몰아붙였다.

"일본은 이미 방사능 오염 지역이 된 지 오래고 그곳에서 먹은 음식물로 인해 수년간 내부 피폭이 벌어지면서 암에 걸렸을 가능성이 높습니다."

"그, 그건 그렇지요."

"그런데 지금 그렇게 일본에 갈 정도의 지식과 돈이 있는 사람들 중에, 일본이 방사능 오염 지역이라는 걸 모르는 사람이 있나요?"

"아마도 없겠지요."

해외여행이 평범해진 시대라지만 미국에서 일본까지의 비행기값은 절대 싼 게 아니다.

더군다나 일본은 다른 나라에 비해 환율도 높은 편이다.

그러니 일본에 여행을 갈 정도라는 것은 중산층 이상의 재산과 지식을 가지고 있다는 걸 의미한다.

"그런 사람들이 방사능 오염의 위험에 대해 모른다는 것은 말도 안 된다고 생각합니다."

노형진은 핵심을 짚었다.

대가리에 총 맞지 않고서야 방사능을 먹고 마시고 맞으러 가는 사람은 없다.

'하지만 애석하게도 일본인들은 가면을 쓰는 데에는 아주 능숙한 놈들이란 말이지.'

좋게 말해서 가면이지, 현실적으로 말하면 가면보다는 세뇌에 가깝다.

당장 해외에서는 고급 음식이라고 하는 일본의 초밥도 일본에서는 생긴 지 얼마 되지 않는 음식으로, 지금의 모양을 갖춘 건 100년도 채 되지 않았다.

닌자라는 것도 무슨 엄청난 초능력자 같지만 현실적으로는 한낱 간자에 지나지 않았다.

심지어 불고기조차, 일본은 자기들의 전통 음식인 야키니쿠라고 홍보하고 다닌다.

현실적으로 일본이 고기를 먹은 건 얼마 되지도 않았는데 말이다.

그만큼 그들은 상대방을 세뇌하고 속이는 데 능숙한 문화다.

당장 후쿠시마는 러시아의 체르노빌보다 사태가 훨씬 안 좋은 상황인데 대부분의 사람들은 체르노빌이 후쿠시마보다 훨씬 위험하다고 생각한다.

일본이 후쿠시마 사태를 너무 잘 감췄기 때문이다.

그건 당연히 관광과 연관되어 있는 문제다.

전 세계에서 일본으로 가는 관광객은 어마어마하고, 그들은 일본에 속아서 일본이 무척이나 안전한 나라라고 생각한다.

하물며 바로 옆에 있는 한국도 속을 판국이니 다른 나라들은 어떻겠는가?

'방사능은 눈에 안 보이지.'

총알이 날아다니는 것도, 피가 튀는 것도 아니다.

폭탄도 없고 약탈도, 전투도 없다.

그러니 국제적으로 안전하다, 안전하다 세뇌하면 당연히 사람들은 자신도 모르게 안전하다고 생각하게 된다.

'그들의 생각을 바꾸는 건 쉬운 게 아니다.'

일본에서 워낙 수년간 세뇌를 철저하게 해 놨기 때문에, 사람들은 일본이 어떤 상황인지 정확한 피해 상황을 알지 못한다.

심지어 자국민들조차도 모른다.

그렇다 보니 일본은 전 세계에서 많은 관광객들이 가는 나라 중 하나다.

'이제 그걸 박살 낸다.'

그게 노형진의 계획이었다.

이제 와서 노형진이 사회단체를 만들고 '일본은 위험합니다!'라고 외친다고 해 봐야 그 세뇌가 풀리는 것은 아니다.

이미 많은 사회단체들이 일본은 위험 국가라고 이야기하고 있지만, 자본과 언론의 힘에 그 목소리는 소리 소문 없이 사라지고 있다.

'하지만 인간은 자기가 손해를 보는 것에 대해서는 무척이나 예민하지.'

자발적으로 암에 걸리러 가는 나라.

물론 오버라고 할 수도 있을지도 모른다.

만일 한국이었다면, 아마도 재판하면 지게 될 것이다.

'하지만 미국은 다르지.'

사소한 것 하나에도 소송을 거는 미국.

거기에다가 한국처럼 물렁하지도 않다.

일단 과학적으로 방사능이 강력한 발암 물질인 건 널리 알려진 이상 그에 피폭되었다는 것, 그것도 일본에 자발적으로 가서 피폭되었다는 걸 증명하는 순간 미국의 보험회사에서 돈을 줄 이유는 없어져 버린다.

설사 준다고 해도 그 금액은 확 줄어들 테고 말이다.

"제 말이 틀렸나요? 일본에 가서 자발적으로 방사능에 오염되어서 온 사람들에게 보험료를 왜 지급했느냐고 묻는 겁니다."

"그게, 우리가 개인의 여행에 관해서는 확인하지 않았기 때문에……."

"개인이 방사능 물질을 퍼먹었는지 확인하지도 않고 무조건 돈을 준다는 건가요? 그 말은 별다른 특약도 없는데 자살이라고 할지라도 돈을 줘야 한다는 것과 같은 의미인 거 아시지요?"

"그건……."

"이건 자살행위입니다. 다만 빠르냐 느리냐의 차이일 뿐이에요. 방사능 천지인 나라에 가서 방사능에 오염된 음식을 먹고 와서는 암에 걸렸으니 돈 내놔라? 제가 투자한 회사가 보험회사가 아니라 자선단체였나 보군요."

"그건…… 제가 실수했습니다."

이미 세계적으로 일본 음식에 의한 내부 피폭이 확인된 상황이다.

당연히 일본에서는 말도 안 된다고 주장하고 있지만, 이미 내부 피폭이 확인된 상황에서 부정할 수는 없다.

"그러면 당연히 기업 차원에서 보험을 확인했어야지요."

타의에 의한 방사능 피폭도 아니고 방사능 오염 지역인 걸 알면서도 간 사람들이다.

그들이 한 선택 때문에 보험회사가 손해를 볼 수는 없다.

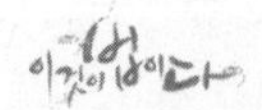

"이 문제에 대해서는 어떻게 해결하실 겁니까?"

"당장 모든 환자에 대한 지급 내역을 확인하고 방사능 사태 이후에 오염 지역에 자발적인 출입을 한 기록이 있는 경우 지급 파기 및 지급된 자금에 대해서는 바로 환수 조치를 하겠습니다."

"좋습니다. 이번 한 번만 믿어 보도록 하지요."

노형진의 말에 잭 바우어는 힘겹게 고개를 끄덕거렸다.

그리고 주주총회가 끝난 후에 힘들게 자신의 사무실에 들어오면서 관련자들을 모조리 불러들였다.

"당장 암 관련 가입자들 중에 일본에 갔다 온 사람들을 확인해! 만일 있으면 피폭 검사하고, 피폭되어 있으면 환수 소송 준비하고!"

"무슨 일 있었습니까?"

"피폭 관련 문제가 터졌다."

잭 바우어의 말에 직원들은 얼굴이 핼쑥해졌다.

그동안 생각도 하지 않고 있었지만 분명 그건 심각한 문제다.

그나마 짧게 다녀온 사람들은 그나마 나은데, 2주에서 한 달씩 오래 머물다 온 사람들은 피폭이 심각한 문제가 될 게 뻔했다.

"도대체 이런 걸 생각하지 않다니, 미친 거 아냐?"

"그게……."

워낙 일본 쪽에서 괜찮다고 세뇌해 왔기에 일반인들은 이에 대해 심각하게 생각하지 않은 게 큰 문제였다.

그리고 그것 말고도 다른 문제도 있었다.

잭 바우어는 모르지만, 실제로 아래에서 이런 이야기가 나온 적이 있긴 했다.

하지만 상당수 기업에는 일본 자금이 들어가 있고 당연히 친일 성향의 중간 관리자가 있기 마련이었다. 아니면 일본인 출신의 관리자나.

그런 관리자가 그런 의견을 중간에서 잘라 버리면서, 누구도 일본 방사능과 보험을 연관시키지 못하게 된 것이다.

"그리고 현재 가입된 모든 가입자들에게 안내 편지를 날려. 만일 일본에서 피폭되어 오는 경우에 암이나 백혈병 등의 질병 보험을 못 받을 가능성이 있다고."

"네! 알겠습니다!"

"정부에도 알리고."

잭 바우어는 그렇게 말하고는 머리를 부여잡았다.

당장 벌어질 수백 건의 소송이 그에게 두통을 불러오고 있었다.

⚖

"보험회사라니, 허허허."

유민택은 혀를 내둘렀다.

일본에서 그동안 열심히 홍보한 일본 관광을 한 방에 날려 버렸기 때문이다.

"인간은 결국 자기가 불리해지면 적극적으로 움직이기 마련이거든요."

만일 노형진이 단체를 만들고 그곳을 통해 '일본 관광은 위험합니다.'라고 했다면 아마도 거의 효과가 없었을 것이다.

"어쩌면 국가 단위에서 불만이 나올 수도 있습니다. 그러면 국제관례상 각 국가는 그 부분에 대해 알게 모르게 억압할 수도 있고요."

"하지만 자본주의는 좀 다르지."

"많이 다르지요."

기업이 이익을 챙기는 건 당연한 거고, 세금을 내는 기업의 특성상 기업의 이익이 바로 국가의 이익이기도 하다.

그렇다 보니 상대방이 이 문제를 걸고넘어져도 그걸 가지고 뭐라고 할 수도 없다.

"그리고 우리가 뭐 틀린 말 하는 것도 아니지 않습니까?"

"그건 그렇지."

일본에 다녀왔다고 해서 무조건 암이나 백혈병에 걸리는 것은 아니다.

하지만 방사능이 암 발병의 가능성을 높이는 것은 사실이다.

즉, 어느 쪽도 증명하는 것은 불가능하다.

"문제는 그거지요."

양쪽 다 증명할 수 없다면 당연히 많은 돈과 많은 인력 그리고 전문가를 동원할 수 있는 기업이 유리하다.

"그리고 이게 소문난다면 아마 아무도 일본에 가려고 하지 않겠지요."

"이제부터 시작이겠군."

"네, 이제부터 시작입니다."

노형진은 핸드폰을 꺼내서 시간표를 확인했다.

"다른 나라에 있는 보험회사까지 돌려면 엄청나게 바쁘겠는데요, 후후후."

일본에 가장 많은 관광객이 가는 나라는 과연 어디인가?

그건 다름 아닌 중국과 한국이다.

유럽 등지에서 오려고 하면 비용이 제법 많이 들기 때문이다.

당연히 중국에도 보험회사가 있고, 그들은 미국 못지않게 독하기로 유명하다.

그만큼 그들은 돈을 주지 않으려고 노력한다.

"못 드립니다."

"아니, 왜요! 우리가 암 보험에 들었잖아요!"

"재작년에 일본에 2주간 갔다 오셨지요?"

"그건 그런데……."

"일본은 방사능 오염 구역입니다. 그곳에 자발적으로 들어갔다는 것은 암이나 기타 질병에 걸려도 상관없다는 행동입니다."

"뭐요?"

"심지어 후쿠시마 근처로 놀러 갔다 오셨지요?"

"그건……."

"그런 상황이니 저희는 보험료를 못 드립니다."

"그런 게 어디 있어요!"

"저희는 치료비를 드리는 거지 자살 희망자에게 돈을 주는 곳이 아닙니다."

"소송할 겁니다!"

"소송하려면 하세요."

돈으로 사법을 살 수 있는 나라가 바로 중국이다.

아무리 소송한다고 해도 그들이 이길 수 있는 가능성은 낮다.

더군다나 중국에서 많은 사람들이 일본으로 여행을 가는 만큼, 그걸 가지고 보험금 지급을 거절할 수 있다면 보험사는 막대한 수익을 낼 수 있다.

그렇잖아도 일본에 속아 일하러 갔던 사람들 때문에 막대한 보험금이 나갔다.

그건 속아서 당한 거니 안 줄 수가 없는 일.

하지만 이건 속아서 당한 게 아니라 자발적으로 간 거다.

그러니 안 주려고 한다면 얼마든지 안 줄 수 있고, 줘야 한다고 해도 상당액을 감액할 수 있다.

당연히 이미 판사와 정치 쪽에 막대한 뇌물이 들어가고 있었다.

"멍청하게 방사능을 먹으러 간 당신 잘못입니다."

보험사 직원의 말에, 환자는 그저 주저앉을 수밖에 없었다.

다음 권으로 이어집니다

ROK MEDIA
로크미디어

폐황제가 되었다

송제연 판타지 장편소설

팔자 편한 빙의물은 가라!
고생길 예약된 독자 출신 폐황제가 보여 주는
본격 스포 주의 생존기!

인기 없는 판타지 소설 '포킹덤'의 유일한 독자 민용
갑작스러운 완결 소식에 놀랄 새도 없이
다음 날, '포킹덤'의 폐황제 익스가 되어 눈을 뜨는데……

'그런데 이 녀석…… 사흘 뒤에 죽지 않나?'

외진 땅, 부족한 인재, 부실한 재정
뭐 하나 멀쩡한 게 없는데 목숨까지 왔다 갔다 한다?
믿을 구석은 대륙 곳곳에 숨어 있는 인재들뿐!

앞일을 내다보는 황제에게 불가능은 없다
모든 건 내 머릿속에 있을지니!